無能と追放された侯爵令嬢、聖女の力に目覚めました

登場人物紹介
CHARACTERS
エルネスト
森の中でひっそりと
暮らす青年。
実はすごい魔法使いで、
何か事情を抱えているが……
リリー
魔法の名門に生まれたが、
まったく魔法を使えなかった元侯爵令嬢。
人見知りが激しいが、
根はまっすぐな心優しい少女。

シャロン・ダルムサル
リリーの異母妹。
傲慢でリリーを馬鹿にしている。
ディルス・ソレイユ
エルネストの実兄。
弟の才能を妬んでいる。
ザール・ダルムサル
リリーとシャロンの父親。
リリーを家から追放した。
レオノール
ディアナの父親。
いつも街の入り口で
見張りをしている。
ディアナ
活発で誰とでも愛想よく話せる。
天才縫製職人。

プロローグ　虐げられる日々

「まだ掃除が終わっていないのか、このグズ！」

王宮の近くにある、とあるお屋敷の広い玄関を掃除していた私の元にやってきた、恰幅の良い男の人は、私の頬に平手打ちをしてきた。

その勢いは一切の遠慮がなかった。バチンッ‼　という音と共に、私はその場で尻餅をつく。

頬とおしりにじんわりと広がる痛みのせいで表情を歪めてしまったが、目の前の男の人は全く心配をする素振りを見せなかった。

「ごめんなさい……お父様……」

「ふん、謝ることだけは人一倍早いな。その才能を魔法に活かせんのか無能め」

「ごめんなさい……」

「なぜこんな無能が生まれてきてしまったのか……お前の顔を見ていると不愉快だ」

「旦那様、お約束の時間が迫ってきております」

「おお、そうだったな。こんな無能などどうなっても構わんが、この者のせいで遅刻でもして家の名に傷をつけるわけにはいかんな」

目の前の男の人——私の父であるザール・ダラムサルは、私にまるで汚物でも見るような冷たい目を向けて嫌味を言った後、隣にいたメイドから鞄を受け取って出かけていった。

またお父様に怒られてしまった……どうして私って、こんなにグズでノロマで駄目人間なんだろう……

「いってらっしゃいませ……はぁ、リリーお嬢様。まだ終わっていらっしゃらないのですか？」

「……ごめんなさい……」

「早くなさってください。あなたのために、掃除する場所はたくさん残してありますので」

近くに来たメイドがくすくすと笑いながらそう言うと、去り際に水の入ったバケツにわざと足を引っかけてひっくり返していった。

あぁ……また作業が増えちゃった……ただでさえ私はグズなのに……もっとお父様に怒られてしまう……

ううん、悲しんでる暇があったら少しでもお掃除をしないと……無能な私でも、唯一家のためにできることだから……

「あらあら、何か声が聞こえると思ったら……ずいぶんとみすぼらしい女が転がっていますこと」

必死に片づけをしていると、さっきとは別のメイドを連れた一人の美しい女の子が、手入れの行き届いた綺麗な金色の髪をかき上げながら私を見つめていた。

「あっ……シャロン……」

「っ⁉　魔法が一切使えない無能の分際で、私の名前を軽々しく呼び捨てにするんじゃないわよ！」

「きゃあ⁉」

シャロンは一つ年下で、異母姉妹だ。その彼女が放った風の魔法で吹き飛ばされてしまった私は、壁に思い切り叩きつけられ、そのまま力なくその場に倒れ込んだ。

「はぁ……こんな才能も気品さのかけらもない汚い女が私の姉だなんて、考えるだけでも寒気がするわ」

「ごめん、なさい……」

「お姉様はそれしか言えないわけ？」

倒れている私の頭を、シャロンは思い切り踏みつける。

お父様や妹に酷いことを言われ、暴力を振るわれ、メイドには仕事を無理やり押し付けられる——こんな酷い仕打ちを、私は毎日受けている。

でも、これが私にとっての日常だ。

先程話に出た魔法というのは、この世界に住む多くの人が使える不思議な力。炎を起こしたり、風を吹かせたり、水を湧かせたり……いろんなことができる。

魔法は生活に浸透しており、これが使えるか使えないかで、この世界での地位やできる仕事が確立してしまうと言っても過言ではない。

言ってしまえば、この世界では魔法が全てということなの。

この世界の地位の高い貴族達は、代々強い魔法の能力に優れている。弱い魔法使いしか輩出できなくなると、家としての力も地位も失っていく。

私が住むこの国で、五つの家しか持たない侯爵の地位を持つダラムサル家も、魔法の才能に優れた家だ。

世界に三つほどある大国の一つに拠点を構えており、長い歴史の中で多くの魔法使いを育てたとして有名な家。王家の方とも古くから付き合いがあるの。

私――リリー・ダラムサルは、そんな名誉があるダラムサル侯爵家の長女として生まれた。

ダラムサル家に生まれた以上、家の名前に傷をつけないように、家を守るために、偉大な魔法使いになるのは定めだ。だから、私もそうなるように、毎日寝る間も惜しんで勉強に励んだ。

家の人達も、厳しくはあったものの、私を一人前の魔法使いにするために、いろいろと勉強の場を設けてくれたの。

しかし、この魔法には問題点がある。

その問題点が、私を今のようなどん底の人生に叩き落とした。

その問題点というのは……魔法を使うのに、個人差があるということだ。

私も生まれながらに魔力は持っているものの、なぜか魔法を使う才能には一切恵まれず、幼い頃から何一つ魔法を使うことができなかった……それは名門ダラムサル家では許されない。

私は家の期待に応えるために、それまで以上に毎日必死に魔法の本を読み、魔法の練習をした。

それでも、全く魔法が発動することはなかった。

そんな私は、幼い妹のシャロンが魔法の力に目覚めたのをきっかけに、お父様に見捨てられた。

ダラムサル家の長女なんて肩書はなくなり、家では無能として扱われ、虐げられ、奴隷のように毎日働かされている。

そのせいで、私の身体は生傷が絶えないし、服の下はあざだらけ。そんな状況でも、周りは助けてくれないどころか、笑って見てくる人もいる。

もちろん辛いけど……私の居場所はここしかない。ここを追い出されたら……行く場所がないの……それに、世界に二人しかいない家族に、これ以上嫌われたくない……だから、絶対に逆らわずに働くしかない。

いつか魔法が使えるようになったら、今まで迷惑をかけた分、ダラムサル家のために頑張りたいの。

……魔法が使えるようになったら、お父様は私をまた家族として迎え入れてくれるのかな。頭を撫でてくれるかな。良くやったって抱きしめてくれるかな。

シャロンも私と一緒にお茶を飲んだり、遊んでくれるかな。実の姉妹みたいに楽しく過ごせれば、なんだって良いな。

「シャロンお嬢様、そのあたりでやめた方がよろしいかと」

「はぁ？　私の邪魔をするんですの？」

「いえ、それ以上リリーお嬢様に構っていらっしゃると、素晴らしい才能をお持ちのシャロンお嬢様に無能が移ってしまいますわ。それに、そんな汚いものに近づかれると、お召し物が汚れてしまいます」

「……それもそうですわね！　ああ汚らわしいこと！」

私の儚い希望を踏みにじるように、シャロンはわざと大声で私を蔑んでからその場を去っていった。

シャロンには天才的な魔法の才能がある。それは大人も顔負けな実力で、幼い頃からその片鱗を見せていた。その才能を更に伸ばすために、普段は有名な魔法学校に通っている。

しかも学校では成績優秀で人気者。ほかにもたくさん習いごとや勉強をしているおかげで、どこに出ても恥ずかしくないくらいの能力を持っている。

一方、学校になんて当然通わせてもらえない私は、ある程度の文字の読み書きはできるけど、それ以外は勉強させてもらえないから、知識がない。侯爵家に相応《ふさわ》しい立ち振る舞いや言葉遣いなども一切学べていない。まさにシャロンとは正反対の存在だ。

だからなのか、シャロンは無能な私を見下したような態度を取る。

……どうして私は魔法が使えないんだろう。魔法さえ使えれば、きっとこんな酷い仕打ちを受けずにすむのに……家族に愛してもらえるのに……

どうして……

「……お掃除、しなきゃ」

こんな暴力や悪口は、いつもされていること。気にしていたら、今日のお仕事が終わらない。

そう思った私は急いでこぼれた水を拭き取ってから、次のお部屋へとトボトボと歩き出した。

「あ、ここも汚れてる……ここも……よし、綺麗になった」

部屋の隅に溜まっていた埃《ほこり》を綺麗にして、そのまま別の場所も掃除をしはじめる。

本当なら屋敷の使用人の仕事なんだけど、掃除を含めた汚れるような仕事は、私がやるようにお父様から言われている。

正直、汚い所の掃除は慣れてしまっている。無能な私が少しでもダラムサル家のためになれるというなら、喜んで掃除をするつもりよ。

「リリーお嬢様」

掃除に夢中になっていたら、気づけば外は真っ暗になっていた。自室に戻ろうとしていたところを、執事に呼び止められる。

彼の前には料理が載ったカートがあった。今からお父様とシャロンにお食事を運ぶのだろう。

この人ははっきり言って苦手だ。私を目の敵《かたき》にしているのか、ことあるごとに私に酷い仕打ちをしてくる。

何というか、ずっと嫌なことばかりを言って、私の心を傷つけてくるの。

「…………」

じっと黙って彼の言葉を待つ。

あぁ……いい匂い……お腹すいたなぁ。起きてから何も食べずに働き通しだったから……もうお腹と背中がくっつきそう。

あ、一応お水は飲んでいるよ。ほら、お掃除をするのにお水は必要でしょ？　だから喉が渇いたら、バケツに汲んでおいたお水を少しだけ貰っているの。

お掃除に使う水だから汚れているかもしれない。けれど、私からすれば汚れていようとも飲めるだけ幸せだから……

「少々お話ししましょう」

「え、お話？」

「はい。今日は良い天気でしたね」

「そ、そうですね……」

突然始まった、何の変哲もない会話。

でも、空腹の状態で近くにいい匂いをさせている物があるというのは、想像以上に辛いよ……

「――ということがありましてね。まったく彼には困ったものです……そうだ、忘れていた。こちらのお食事を、大広間にいらっしゃる旦那様とシャロンお嬢様の元へ運んでください」

「え……」

ようやくいい匂いから解放されたと思ったら、予想外のお願いをされてしまった。

どうして私が運ばなければいけないの？

嫌というわけではなく、私みたいな人間が給仕をしたら、絶対にお父様達に不機嫌そうな顔をされる。

ううん、不機嫌そうな顔程度ですめばいい方かもしれない。もしかしたら、酷いお仕置きをされるかも……

「いいから行ってください。私はほかの仕事がありますので」

「……はい……ごめんなさい……」

執事長は吐き捨てるように言うと、そそくさとその場から去っていった。

きっぱりと言われてしまった私には、もう給仕をするしか道はない。私は料理の載ったカートを、いつも家族が食事をする大広間へと運んだ。

「聞いてお父様。今日の学校での実技試験、学年で一位でしたのよ！」

「おお、さすが我が愛しの娘シャロン！　それでこそ名門ダラムサル家の娘だ！　私も鼻が高い！」

「うふふ、お父様ったら喜びすぎですわ」

「喜ぶに決まっているであろう！　シャロンの功績により、我がダラムサル家の名は更に知れ渡るだろう！　シャロンよ、何か欲しい物はあるか？」

「ご褒美をくださるんですの？　お父様はお優しいお方ですわ。そうですね……では新しいアクセサリーを……」

大広間の中から、お父様とシャロンの楽しそうに会話する声が聞こえてくる。

お父様もシャロンも……楽しそうだな。私も魔法が使えたら……お父様にああやって褒めてもらえたのかな……愛してもらえたのかな……シャロンとも仲良くできたのかな……

……そんな夢物語を考えてても仕方ない。早くこれを運ばないと、また怒られてしまう。

覚悟を決めて行くしかないよね。

「し、失礼します……リリーです……」

震える手で、控えめにノックをしてから大広間に入ると、そこにいた家族と何人かの使用人達の視線が、一斉に私へと向いた。

う、うぅ……全然歓迎されていない……わかってたことだけど、心が痛い……

「は？　なんでお姉様がここに？」

「えっと……お食事をお渡しに……」

「なに!?　貴様のような人間が給仕をするとは何事だ！　それに、こんなに持ってくるのが遅いだなんて、何を考えている!!」

私が持ってきたことが気に入らなかったのか、お父様は私の元に早足で近づくと、思い切り平手打ちをした。

それだけで終わらなかった。その衝撃に耐える筋力など持ち合わせていないせいで、尻餅をついてしまった私を、お父様は蹴り飛ばした上に頭まで踏んできた。

うぅ……痛いよぅ……苦しいよぉ。こうなるのはわかっていたから、だから嫌だったのに……

「もう、良い気分だったのに最悪ですわ。こんな汚いドブネズミを見ていたら、食事がまずくなるわ」

冷ややかに私を見下すシャロン。

好きで汚いお洋服を着てるわけじゃない。

ほかの人が綺麗なお洋服を着ている中、私だけは新しいお洋服を与えてもらえないから、仕方なく汚くてボロボロの洋服を着ざるを得ないだけなのに……

私だって着られるならそんな綺麗な洋服を着てみたい……家族の皆で綺麗な洋服を着て、どこかに楽しく出かけてみたい。でも、そんな未来は絶対に来ないってわかってる……

「ええい、誰だこんなグズに給仕を任せた愚か者は!!」

「私です、旦那様」

先程の楽しそうな声とは打って変わり、怒りに震えるお父様。

すると、さっき私にお仕事を押し付けた執事長が、ゆったりとした動きでお辞儀をしてから大広間に入ってきた。

どうして戻ってきたの？　さっきどこかに行っちゃったのに……

「貴様か！　何を考えている！」

「申し訳ございません。ですが、これには事情がございまして。まずは中をよくご覧ください」

「中……？　なんだ、からっぽではないか！」

お父様が皿を覆っていた銀の蓋を開けると、そこには何もなかった。

あれ……いい匂いがするから、てっきり入ってるとばかり。もしかして匂いだけあらかじめ閉じ込めていた……？

でも、もしそうなら……どうしてそんなよくわからないことを……？

「はい。リリーお嬢様がどうしても運びたいと駄々をこねまして。それで仕方なく、リリーお嬢様を満足させるために、からっぽのお皿を運ばせた次第でございます」

「え……？」

全く思ってもなかった執事長の報告に、私は目を見開いた。

……私、何も悪いことしてないのに、私は無理矢理押し付けられただけなのに……ひどいよぉ……

「ほう、それは良い判断だったな。こんな小汚い女に運ばせたら料理が不味《まず》くなる。それよりもリリー……貴様、子供のようなワガママを言って、そんなに我々に嫌がらせをしたかったのか！」

「ち、ちがっ……」

「黙れ！　貴様のような無能を捨てずに置いてやってる恩を忘れたのか！　ええい、忌々《いまいま》しい！」

「ごめんなさい……ごめんなさい……許してください……」

お父様は私への怒りを吐き出すように、何度も私を叩いてくる。

私はその理不尽な暴力に何もできず、蹲《うずくま》って謝ることしかできなかった。

「旦那様、すぐにお持ちしますので、おかけになってしばしお待ちください」

「早くせんか。まったく……せっかくシャロンの華々しい話を聞いて気分が良かったのに、貴様のせいで気分を害されたわ」

「いたっ……！」

お腹を蹴られた衝撃で鈍い痛みが広がる。思わず変な声を漏らしてしまった私のことなどお構いなしに、次々と料理が運ばれていく。そんな中で先程の執事長が私に耳打ちしてきた。

「……あれだけ痛めつけられてもまだ生きているなんて……虫並みの生命力ですね。あなたのようなグズ、さっさと死ぬか追い出されれば良いものを」

「…………」

「まあ、目の前でボロ雑巾のように痛めつけられるあなたの姿を見るのは、とても快感でしたけど」

クスクス笑いながらそれだけ言うと、執事長は私からスッと離れた。

「本当に気持ち悪いですわね！　でもお父様、それもあと数日の我慢ですわ」

「……それもそうだな。貴様まだいたのか？　早く消えろグズ！」

「……はい……ごめんなさい……失礼します……」

私はその場から逃げるように大広間を後にした。何を話しているのかはわからなかったけど、家族や使用人達の笑い声が背中を追ってくる。

私は身体中が痛くて思わず廊下の壁に寄りかかりながら、その場に座り込んでしまった。

「うぅ……ぐすっ……痛いよぉ……私、どうして生きてるんだろう……どうして生まれてきたんだろう……うぅ、お母様ぁ……」

……そんなことを考えても仕方ない。泣いてても仕方ない。

とにかくご飯を厨房で貰ってから、部屋に戻ろう。

「よいしょ……よいしょ……」

私はカートを厨房に戻し、コックにカートが汚くなったと怒られてから、屋敷の敷地内に建てられているボロボロの小屋の中に入った。

ここが私の住む家。外見通り部屋の中もボロボロだし、雨漏りは酷いし、ギシギシと変な音はするし、すきま風はぴゅーぴゅー入ってくる。

屋敷の豪華さと比べると天と地ほどの差があるけど、ある程度の雨風が凌げるだけまだマシって思うようにしている。そうじゃないと……また辛くて泣いちゃうから。

「……食べよう」

私は厨房から持ってきた、食事が載ったトレイをガタガタの机の上に置くと、いただきますと挨拶をしてから食事をし始める。

今日のメニューは、パサパサで硬くなったパンとほとんど具が入っていないスープだけ。質素に見えるかもしれないけど、私からしたらご馳走だ。

「ごちそうさまでした」

ずっと働き通しでお腹がペコペコだった私は、ぺろりと全てを平らげてしまった。

もちろん、これだけで足りるわけはない。

けど……ねだったところでくれるはずもないし、生意気だと言われて、次の日のご飯を抜きにされてしまう可能性もある。

そうなるくらいだったら、我慢してこのご飯を食べた方が……心身共に傷が浅くすむの。

「はぁ……」

溜息をつきながら立ち上がると、ちょうど部屋の中に置いてある汚れた姿見に私の姿が映った。

肖像画でしか見たことのないお母様譲りの金色の髪は背中の真ん中くらいまで伸びていてボサボサ。伸び切った前髪のせいで、本来見えるはずの青い目と少し小さめの鼻と口が隠れている。

身体も細いを通り越して、骨と皮しかないんじゃないかと思うくらいやせているし、身長も低い。以前、屋敷のゴミ捨て場に捨てられていた定規を拾ってきたことがあるのだけど、それで測った時は、確か百五十センチもなかったはず。

……自分で言うのもアレだけど、身体中傷だらけ、痣だらけで本当にボロボロだ。

でも……私のような無能な人間には、とてもお似合いな姿だろう。

「あ……そういえば、もう少ししたら、私の誕生日だ」

毎日が忙しくて忘れていたけど、三日後は私の十五歳の誕生日だ。私にとってはとても重要な日でもある。

実は、私には婚約をしている人がいる。お相手は、この国の王家の方だと伺った。ダラムサル家は古くから王族と繋がりがあるからだそうだ。

私はお相手のことは一切知らないし、お顔も拝見していない。この婚約は、私が生まれてすぐにお父様が国王様と決めたことだからだ。

そのお相手と、私が十五歳になったら初めてお顔を合わせると決まっているって、昔お父様から聞いた。

一体どんな方なんだろう……いや、どんな方でも私のような人間を必要としてくれるのは、とても嬉しい。たとえそれが、王家とダラムサル家との間に交わされた政略結婚だったとしても。

それに、私が嫁げば王家とダラムサル家はより深い関係になれる。

そうすれば、みんな少しは私のことを認めてくれるかな……褒めてくれるかな……

認めてくれたら、誕生日を祝ってくれるかな？　一緒にケーキや美味《おい》しい物を食べて、楽しくおしゃべりして。

それはとても素敵で、楽しくて、現実から一番遠い……夢物語だ。

「あっ……それよりも勉強しないと」

私は部屋の隅に積まれたボロボロの魔導書を取り出すと、机の上に広げた。この本は、魔法を使う方法が丁寧に書かれている、初心者用の魔導書。お母様が私に遺してくれたものだ。

その魔導書に書かれている内容に従って、私は今日も魔法の練習をする。今日は風の魔法で、目の前にある木くずを飛ばす練習だ。

「集中……集中……えいっ！」

私の気合が入った掛け声も虚しく、目の前の小さな木くずはぴくりとも動かなかった。

魔導書に書いてある通りのやり方でやっているはずなのに……どうして毎日練習してるのに、上手くいかないんだろう……

ううん、泣き言を言ってても何も始まらないよね。私だって、曲がりなりにも名門ダラムサル家の娘なんだ。もう一回やってみよう。諦めなければ、いつかきっと！

「すー……はー……すー……はー……よし。えいっ！」

深く深呼吸をして気持ちを落ち着かせてから、もう一度試してみる……が、またしても魔法は発動してくれなかった。

その後、一時間以上やってみたけれど、一回も発動することはなかった……

「なんで私って、こんなに駄目人間なんだろう……」

自分の才能のなさが悔しくて、悲しくて、気づいたら目から大粒の雫が溢れ出てきた。

これじゃいつまでたっても、私は家族に認めてもらえない。……愛してもらえない。

……起きてても辛いだけだし、明日も朝は早い。もう寝よう。

私は涙を拭いながら明りを消すと、ボロボロのベッドに横になる。ギシギシと鈍い音がするし、臭いも酷いけれど、それでも硬い床の上で寝るよりはいい。

「……私の人生ってなんなんだろう……もっと魔法の才能があったら、お父様に愛してもらえたのかなぁ……ぐすっ……ひっく……」

私は汚れた枕に顔をうずめて、誰にも聞かれないように小さく嗚咽《おえつ》を漏らしながら眠りについた――

＊　＊　＊

あれから数日後、私は無事に十五歳の誕生日を迎えた。もちろん誰からもお祝いの言葉など貰えるはずもなく、今日も一人で小屋の中で過ごしていた。

昨日、お父様から朝一で出発をするから小屋で待っていろと言われたのだけれど……仕事がないと、逆にソワソワしてしまう。

おかしいな、痛い思いをしなくてすむはずなのに……もう暴力を振るわれる毎日が当たり前になって、身体に染みついちゃっているのかもしれない。

「……今日は雨、か」

暇つぶしに小屋の窓から外を見ると、まるで空が泣いているかのように、雨が静かに大地を濡らしていた。今は寒い時期だから、もしかしたら雪になるかもしれない。

……せっかくの誕生日で、初めて婚約者の方と顔を合わせるというのに……

でも、この天気は私の人生を象徴しているようにも思えた。

「あっ……どうしよう、こんな汚い格好で王家の方に会うわけには……」

ガラス窓に映る自分を見て、思わずハッとした。

私は今日も汚い服だし、髪もボサボサだ。こんな格好でお会いしたら、ダラムサルの名前に傷をつけてしまうかもしれない。

ちょっと気乗りしないけど、迎えが来たら何とかしてほしいってお願いするしかない。怒られたり叩かれたりするかもしれないけど、家の名に傷がつくよりはマシだと思う。

「どんな方なんだろう……失礼のないようにしなきゃ……」

歳はいくつなんだろう。容姿はどうなんだろう。性格はどんなんだろう。優しい人だといいな……ちょっぴりでいいから、私を愛してくれる人だといいな……

そんなことを思って待っていると――

「あっ……はい」

小屋の扉をノックされて、私はドキドキしながら扉をゆっくりと開ける。

そこには、お屋敷を守る近衛兵の人達が立っていた。

「リリー・ダラムサル」

「は、はい……きゃあ⁉」

名前を呼ばれたから返事をしたら、次々と近衛兵の人達が部屋の中に押しかけてきた。その数は、十人を優に超えている。

え、なに……一体何が起こったの……⁉　こ、怖いよ……だ、誰か助けて……！

「連れていけ」

「な、なに……⁉　いやっ！」

私はなぜか両手を縛られて拘束された上、目隠しまでされてしまった。

いくら私でもこれはおかしいというのはわかる。わかるけど、だからといって魔法は使えないし、近衛兵の人達を倒せる武術が使えるわけじゃない……どうすることもできない。

「やめて！　乱暴しないでください！」

「うるさいな。おい、黙らせろ」

「はっ！」

「むー‼」

口に布のような物を押し込まれた私は、それ以上言葉を発せなくなった。

一体何が起こってるの？　この人達は、私を婚約者がいる場所へ送ってくれるんじゃないの？　どうして屋敷の近衛兵が、私にこんな酷いことをするの？

混乱する私の気持ちなんか一切汲み取ってもらえず、無理やり立たされ、どこかへ向かって歩かされた。

「ここに入ってろ！」

男の人の声と同時に突き飛ばされた私は、そのまま勢い良く地面に転がった。この肌に受ける質感からして、木の床のような感じがする。

そんなことよりも……うぅ。手を縛られている上に目隠しまでされているせいで、無抵抗で転んじゃったから身体が痛い……ぐすっ。

「出発しろ」

ガタガタと音を立てながら、私がいる場所が揺れ始める。

……もしかして、ここって馬車の荷台の中？　どこかに連れていかれているってこと……？　え、まさかこのまま婚約者の元に連れていかれる……？　こんな乱暴なやり方で連れていくなんて、さすがにないと思いたい。

「むぅ……ひっぐ……」

「泣いてないで大人しくしろ、ダラムサルの名を汚す、鬱陶《うっとう》しいガキめ」

恐怖ですすり泣いていると、怒声と共に私のお腹に衝撃が走った。そのせいで、私の意識は闇に沈んだ――

＊　＊　＊

「おい起きろ」

「………」

「起きろって言ってるだろ！」

「かはっ……」

それからどれだけの時が経ったのか――眠っていた私は、鈍い衝撃と共に目を覚ました。

な、なにが起こったの……い、息が苦しい……お腹が痛い。

「ぷはっ……！」

「降りろ」

痛みと苦しみに悶えていると、荒々しく拘束や目隠しを取られた。いつの間にか近くにいた近衛兵の男の人に、強引に荷台から降ろされる。

ここ……どこ？　周りは木ばっかりで、全く人がいる気配がない。

「あ、あの……ここはどこですか。どうしてこんな場所に連れてこられたんですか……？　私、これからお城に行かないといけないんです……」

「お前がそれを知る必要はない。俺はお前をここに連れてきて、これを渡せと言われている」

「これは……音声を入れる魔法石……え……待って……！」

自分に起こった状況や謎の魔法石に混乱していると、馬車は私を置いて去っていってしまった。

「置いていかないで……きゃあ！」

必死に追いかけるけど、馬の速度に追いつけるはずがなかった。それどころか、焦って走ったせいで足がもつれ、雨でぐしょぐしょになった土の上に倒れてしまった。

つ、冷たいしドロドロになっちゃった。ど、どうしよう……こんな森の中に置いていかれるなんて……そもそもここはどこなの？　私、屋敷に帰れるの……？

「あっ……もしかして、この魔法石に帰り方が録音されているかも……」

近衛兵に渡されたこの掌サイズの青い石は、魔法石と呼ばれる。色によってさまざまな効果が付与されていて、青い魔法石は人の声を録音できるの。

確か、大きく三回振れば起動できたはず……あっ、できた！

『リリー。これを聞いてる頃、お前は屋敷ではなく深い森にいるだろう。そこは我が国の東に広がる大森林だ。なぜそんなところに連れていったかだが――貴様のような無能を、家から追放することにしたからだ』

え……つい、ほう……？　そんな、私の聞き間違いだよね……？　いくら私を嫌っているお父様でも、私を追放なんてしないよ、ね……？

『貴様のような人間がいると、家の名前に傷がつく。むしろ今まで面倒を見てやったことを感謝してほしいくらいだ。王家との婚約だが、お前が事故死したという理由をでっち上げ、一度解消した後に、改めてシャロンが婚約をすることになった。娘を追放したことを周りの貴族に嗅ぎつかれたら面倒だからな。この話は、何年も前から国王と話し合っていた。国王や婚約者も無能なお前より、才能溢れるシャロンの方が良いそうだ』

うそ……そんなの信じられない。

『シャロンもとても乗り気でな。婚約者として相応しいのはリリーよりも自分だと、自ら提案をしてきたくらいだ』

そんな……シャロンは私から、家のために役に立てる唯一のわずかな希望だった婚約者を……奪ったというの。

もう、感情がぐちゃぐちゃになってよくわからない。呼吸が乱れて息苦しいし、胸もバクバクしていて今にも爆発しそう。

『だから、貴様には一切の役割も屋敷にいる意味もない。本当は決まった時点で即処分してやりたかったが……いくら屋敷から外に出さないとはいえ、貴様の存在自体はほかの貴族や王族も知っている。目立ったことはできない。だから、〝城に行く途中で事故に遭って死んだ〟とするために、今日まで屋敷に置いてやっていたのだ』

そんなの嘘だよ……し、信じない……私はもうとっくの昔に……いらない子だったなんてそんなの……！

『あらお父様、何をなさっていらっしゃるのですか？』

『おお、シャロン。我が娘よ。なに、あの無能に最後の別れをしているところだ』

『あぁ、以前仰《おっしゃ》ってた、追放の際に渡す魔法石のことですわね。お忙しい中、あんな女のために時間を割くなんて、まさに当主の鏡ですわ。ところでお父様、私もお姉様にご挨拶してもよろしいでしょうか？』

『ああ、もちろん』

シャロン……？　ご挨拶ってなに……？

『お姉様、そちらの居心地はどうですの？　きっとドブネズミのようなお姉様には、最高の居心地でしょうね！　そうそう、お父様からお聞きになられたかもしれませんが、お姉様の婚約者は私をお選びになったのですわ。だからぁ、お姉様はぁ……名門ダラムサル家にはもう不要ですのぉ！　おーほっほっほっほ!!』

私……私は……いらない子……私は……何の役にも立てなかった……！

『シャロン、奴はダラムサル家にではなく、この世に必要とされてないのだ。言葉は正しく使いなさい』

『申し訳ありません、お父様！』

『だが気持ちはわかるぞ、我が愛しの娘よ。私もあのグズが消えて胸がスッとした。本当に、あんな女が娘だなんて思いたくもない……いや、娘はシャロンだけであったな！』

私はダラムサル家の人間と思われてなかった……娘とさえ思ってもらえてなかったんだ。

『うふふ。あっ、そうだお父様、せっかくお姉様が消えたんですから今日はお祝いにしましょう！』

『うむ、それは良い案だ！　今日はシャロンの好きなものを作らせよう！』

「うぅ……あぁ……うわぁぁぁぁん!!」

私は最後まで聞いたところで限界を迎えた。膝からくずおれて幼子のように大声で泣いた。

こんな大声で泣いたら、うるさいと誰かに怒られてしまうかもしれない。

でも、もう……限界だった。

「あっ……ぐすっ……あぁぁぁぁぁ!!」

どうしてこうなってしまったのだろう。

……どうして？　そんなの考えるまでもない。私は魔法が使えない無能で、家の人達の期待に応えられなくて、その上グズで……嫌われて当然な人間なんだ。そんな私が追放されるのは当然だ……死んじゃった方が、みんな幸せなんだ……

「…………」

何とかその場から立ち上がり、フラフラとした足取りで森の奥へと入っていく。

特に目的なんてない。でも……あの場所でジッとしていたら、それこそ頭がおかしくなってしまいそうだった。

「ひっく……うぇぇぇん……」

冷たい雨が降り続ける森の中、私の無様な鳴き声は無数にある木々と厚い雲に隠された。もうビショ濡れになってるせいで、今頬に流れる雫が、涙なのか雨粒なのかわからない。

……わかってるよ。泣いてても何も解決しない。歩いていても目的地なんかない。

それでも私は救いを求めるように、彷徨《さまよ》い歩き続けた。


一人置き去りにされてから一体どれだけの時間森の中を彷徨っていただろう。十分かもしれないし、一時間かもしれない。もしかしたらそれ以上かもしれない。

元々栄養が足りていないせいで体力がないのと、冷たい雨に打たれてずぶ濡れになったことで、体温を奪われてしまった。立っていることもできなくなり、前のめりに倒れてしまった。

「寒い……お腹すいたよぉ……身体が痛いよぉ……お父様ぁ……お母様ぁ……シャロン……」

悲痛な叫びを上げても、名前を呼んでも、当然誰も助けてくれない。

ただただ私の無力さと、世界の冷たさを感じるだけだ。

もうダメなのかな……このまま一人ぼっちで死んじゃうのかな。

あぁ、でも……私みたいな人間は、人知れず死ぬのがお似合いだろうし、家の人に迷惑をかけたんだから、こんな死に方も至極当然だ。

それに、ここで死んじゃえば……この苦しみから解放される。私を産んですぐに亡くなったお母様のところに行けるかな……

「その方が……いい、な……お母様、ごめんなさい……私、幸せになれませんでした……」

胸のポケットから小さな紙切れを取り出し、それを胸の前でぎゅっと握った。

これは、私を産んですぐ亡くなったお母様が私に残してくれたものだ。本当はもっと大きかったんだけど、シャロンの嫌がらせで破られてしまったの。

破られても、私は書かれていたことを全て覚えている。だから、悲しくなった時は、この紙切れを握りながら、お母様を思い出す。

『私の分まで生きて、幸せになって』

それが、握りしめられた紙に書いてあった言葉。だから、私は家のために頑張って生きて、認められて、幸せになりたかった。

でも――もう駄目みたい。私、もう……ダラムサル家にいられないよ……

「もう、疲れた……眠ろう……今、そちらに行きますね」

そうと決まれば、もうここから動く必要もない。早く死んでしまおう。

地面に力なく横たわりながら、ゆっくりと瞼《まぶた》を閉じた。

――おやすみなさい。

第一章　森の優しき魔法使い

あれ、ここは……お屋敷の中？　どうして私はこんなところにいるんだろう。

私は森で倒れて、そのまま人生を終えたはずなんだけど。

もしかして、これが走馬灯ってものなんだろうか？

『どうしてダラムサル家に生まれて、魔法の一つも使えないんだ！』

急に目の前に現れたお父様は、私の頬を遠慮なく張った。

ごめんなさい、魔法が使えなくてごめんなさい……。ダラムサルの名前を汚してごめんなさい……

『お姉様のような人間が私の姉だなんて、人生の汚点でしかありませんわ！』

シャロンは風の魔法を使って私を吹き飛ばす。空にふわりと打ち上げられた私は、そのまま地面に叩きつけられた。

ごめんなさい、駄目な姉でごめんなさい……。頼りない姉でごめんなさい……

『貴様のような無能、ダラムサル家に生まれてこなければ良かったのだ！』

お父様はシャロンと一緒に、倒れている私の頭を踏みつけた。わざとかかとの硬い部分でグリグり押してくるから頭が割れそうに痛い。

ごめんなさい、もう迷惑をかけません……だから叩かないで。酷いことを言わないで。もっと頑張るから……言われたことはなんでもしますから、私を一人にしないで……一人は寂しいの……

『お姉様の婚約者は私がいただきますわ。まあ仕方ありませんわよね。お姉様のようなグズで根暗で無能な人間が、王家に嫁げるわけありませんもの』

ごめんなさい、ごめんなさい……みんなの期待に応えられなくてごめんなさい……

ごめんなさい……

ごめんなさい……

ごめんなさい……

＊　＊　＊

「うぅ……ひっぐ……あ、あれ……？」

私は自分の涙と嗚咽で目が覚めた。周りを見渡すと、そこはさっきまでいた森の中ではなく、見たことがない部屋の中だった。

いろんな本が乱雑に積まれているが、暖色のテーブルや本棚、暖炉なんかはとてもおしゃれで、ダラムサル家のお屋敷に置かれていても何の遜色もなさそう。

それよりも……ベッドってこんなに柔らかかったんだ。あのボロボロのベッドに慣れてしまったせいで、ふかふかの寝心地に違和感を覚えてしまう。

「これはふかふかすぎて、寝るのが大変そう……そうだ、死ぬ前に一度やってみたいことがあったんだよね。えいっ」

どうせ私はもう死ぬだけなんだから、ちょっとくらいやりたいことをやっても、バチは当たらないよね。

一旦立ち上がり、ふんすっと気合を入れてから、ベッドに頭からダイブした。

な、なにこれ、信じられない！　改めてベッドに横になったけど、フワフワすぎてダメ人間になっちゃいそう。

「ふにぁ……あれ？　そういえば、服が違う……なんで？」

ここに運ばれる前、私はボロボロな布一枚の服を着ていた。ビショビショだったし、泥だらけで酷い有様だった。

でも、今はすごく綺麗なローブを着てる。着替えた記憶なんて、当然ない。一体どうして？

「――――」

「きゃっ」

疑問を抱きながら何とか起き上がろうとした瞬間、掌より少し小さいくらいの全身真っ白な人型のお人形さんが、私の枕元で楽しそうに跳ね始めた。

びっくりした、全然気づかなかったよ。これも魔法、なのかな？　お人形さんを操る魔法なんてあるのかな……よくわからない。

のっぺらぼうでちょっと怖いけど、ぴょんぴょんしてて可愛く見えてきた。

私、実はこういう小さい生き物が好きなの。本当は動物がいいけど、このお人形さんも可愛くてとっても好み。

「ねえお人形さん。ここはどこ？」

「――――」

返ってきたのは沈黙。そうだよね、のっぺらぼうで口がないんだもん。話したくても話せないよね……

「あっ、待ってどこ行くの？」

私の制止など一切聞かないお人形さんは、器用に跳ねて部屋の外に行ってしまった。思った以上に俊敏だ。

ところで……ここ、どこなんだろう。なんで私はこんなところにいるのだろう。

私はあの時、森の中で倒れてそのまま死ぬつもりだったのに……

「こんなところに連れてこられてどうなるんだろう。どこかに売られちゃうのかな？　それとも魔法の実験体にされちゃうのかな……」

私はあのまま楽に死にたかったのに。もうこれ以上苦しいことや、辛いことは味わいたくない。

そうじゃないと、もう心が壊れちゃう。

「目覚めたようだね、良かった」

「えっ……？」

部屋の扉を見ると、そこには一人の男の人が立っていた。さっきのお人形さんを肩に乗せて部屋に入ってくる。

首より少し長めの銀色の髪と切れ長で真っ赤な目が特徴的だ。彼は整った顔を綻ばせながら私を見つめる。

……とっても綺麗な人だ。私、ダラムサル家にいた時に、いろんな人を見てきたの。中にはすごく綺麗な人もいたけど、そんなのこの人の足元にも及ばない。

それに、ずっと見ていても飽きない、不思議な魅力がある。

しばらく見とれて、急に不安になった。

どこのどなたかは知りませんけど、あなたも私に酷いことをするんですか？　もう私をいじめないで……

「わ、私……どうして……」

「誰かがこの辺りに来たら知らせてくれる結界を張ってあるんだ。それが反応したから、急いで確認をしに行ったら、君が倒れていた。周りにはほかに人がいなかったから、僕の家に連れてきたんだ。どこか痛む部分はあるかい？」

「あの……その……えっと……」

「緊張しているのかい？　大丈夫、ゆっくり落ち着いて……君のペースで話せば大丈夫」

彼はとっても優しい声色でそう言った。

おかげで、深呼吸をして、ほんの少しだけ落ち着くことができた。

とはいっても、まだ恐怖が私の心を支配していることには変わりない。

「そうだ、まだ名乗っていなかったね。僕はエルネスト。しがない魔法使いさ。長いからエルでいいよ」

「えっと……私はリリー・ダラムサ……あっ」

咄嗟に名乗りそうになったところで、私は言葉を詰まらせた。

私はもう追放された身だし、私のような無能がダラムサルを名乗るなんておこがましいにも程がある。

それに……いつどこで話を聞かれて、お父様にお仕置きされるか、わかったものじゃない。そんなことはないと思ってても、身体が拒否反応を起こしてしまうの。

「ご……ごめんなさい……リリーです……」

「うん？　リリーだね。よろしく」

彼は私の隣まで歩み寄ると、細くて綺麗な手を差し伸べてきた。

その動きが、私には暴力を振るう前の仕草に見えて思わず身震いをしてしまった。

えっと、これってもしかして、握手を求められてる……？　私をいじめるわけじゃないの……？

「エルネスト様……ダメです、私のような汚らしい人間に触れては……」

「どうして？　確かに外で倒れていたから汚れてはいたけど、それが握手をしない理由にはならないよ。あとエルネスト様じゃなくて、エル」

「あっ……」

エルネスト様は私の意思などお構いなしに私の手を取ると、手の甲にその小さくて美しいピンク色の唇を寄せた。

握手をするとばかり思っていたから、あまりにも予想外だったエルネスト様、ううん、エル様の行動に、私の頭は真っ白になってしまった。

「よろしくね、リリー」

「ひゃ、ひゃい……エル様……」

「うーん、様はいらないんだけどなぁ」

あはは、と少し困ったように笑うエル様。どんな顔をしても絵になる人だな。

現状では、私をいじめる素振りはない。それどころか、出会ったばかりだというのに彼の笑顔を見ていると、不思議と胸の奥がじんわりと温かくなった気がする。

「さて、いろいろ事情を聞きたいところだけど……お風呂の用意をしてあるから、温まっておいで。この寒い雨の中にいて、身体が冷えているだろう」

「そ、そんな……これ以上ご迷惑をおかけするわけには。すぐに出ていくので……」

「僕のことは気にしなくていいよ。さあ、この人形が連れていってくれるから行っておいで」

「は、はい。ごめんなさい……」

人の言うこと……ううん、命令を聞くことが身体の芯まで沁みついてしまっているせいで、エル様の言葉に逆らうことができなかった。エル様に深々とお辞儀をしてから、お人形さんの後を追うように部屋を出た。

こう言っては何だけど、あちこちにたくさんの本が乱雑に積まれていて、決して綺麗なお家とは言えない。けど……私の住んでいた小屋よりは居心地好いと思う。

「ここなの？　案内してくれてありがとう、お人形さん」

お人形さんの後について歩いていると、無事に脱衣所に到着した。

お礼を言うと、お人形さんはぺこっと頭を下げてから、私がさっきまでいた部屋の方へと戻っていった。やっぱり可愛いなぁ。

「それにしても、助けてもらった上にお風呂までいただけるなんて……」

ちゃんとしたお風呂なんて、いつ振りか覚えていない。もうずっとお屋敷の敷地内に流れる川から、水を汲んで身体を洗っていたから。

特に寒い時期なんかは震え上がるほど冷たく辛くて、何度温かいお風呂を夢見たかわからない。

「うわぁ……すごい……」

扉を開けると、そこには、なみなみとお湯が注がれた浴槽があった。浴室も湯気で温かくて、いるだけで心地がいい。

どうしよう。私みたいな人間が、こんな好待遇を受けたら、バチが当たるんじゃないかな……で、でも……身体が冷え切って凍えてしまいそうなのも事実だ。

うぅ……今日だけは、死ぬ前に一回くらいは、贅沢をしても良いかな……

「あったかい……」

恐る恐る浴槽の中に手を入れる。優しい温もりが私の手を包み込んだ。

「し、失礼します……」

桶で汲んだお湯で身体を流してから、足からゆっくりとお湯につかる。

あったかい……お湯ってこんなに気持ちが良いものだったんだ。

「ずっと憧れてたお風呂……シャロンがいつも自慢してて、いつか入ってみたいと思ってたけど、まさか実現するなんて……あ、あれ……？」

酷いことをされたわけではない。身体はあちこち染みて痛いけど、全然我慢できる。

なのに……なぜか私の目から涙が溢れて止まらなかった。

「おかしいな……なんで涙が……」

すごく温かくて幸せなのに、どうして涙がこんなに溢れてくるの……？　と、止まってよ……こんな姿をエル様に見られたら迷惑かけちゃうのに……

「ぐすん……あ、あんまり待たせるのも申し訳ないよね……」

私はごしごしと目を擦って無理矢理涙を止めると、浴槽の縁に置いてあった布を手にする。

これで身体を擦って綺麗にするんだろうけど……なんだろう？　布の近くに、とても小さな木の桶が二つある。その中には、透明の液体と、水色の液体が入っている。

「何かのお薬……かな……」

目の前の謎の液体に首を傾げていると、扉を控えめにノックする音が聞こえてきた。

「は、はい。あれ、お人形さん？」

てっきりエル様が何かご用があってきたのかと思ったけど、扉を開けたのはお人形さんだった。

手には折り畳まれた、小さな紙を持っている。

「――――」

「これ、お手紙？　何かな……」

少しドキドキしながらお手紙に目を通す。差出人は、エル様だった。

『先程伝え忘れたことがありました。でも、レディが入浴しているところに直接行って伝えるわけにはいかないので、人形に手紙を持たせました』

伝え忘れたこと……？　一体何だろう？

『浴室の中にある二種類の液体は身体と髪を洗う薬です。水色の方は身体を洗う薬です。布に薬を浸みこませてから、身体をゴシゴシしてください。透明の方は髪の毛を洗う薬です。髪をよく濡らしてから、薬を髪につけてゴシゴシしてください。どちらも泡が立つので、洗い終わったらしっかりお湯で流してください。エルネストより』

なるほど、これは石鹸みたいな物なんだね。固形の物しか見たことがなかったから、ちょっと新鮮。

それにしても、エル様……わざわざ私なんかのためにお薬まで用意してくれるなんて。しかも、お手紙でとても丁寧に説明までしてくれてすごく優しい方なんだね。

……私、あの人を信じてもいいのかな……？　まだ怖いけど、少なくともダラムサル家にいた人達よりは一緒にいて安心できる。

「ありがとう、お人形さん。エル様にわかりました、ありがとうって伝えてきてくれるかな？」

私のお願いを聞き入れてくれたのか、お人形さんはこくんっと頷いてから、元気に跳ねて去っていった。

私の想像だけど、無事に仕事を果たせて、すごく喜んでいるように思える。やっぱり可愛いなぁ。

「ううん、可愛いとか思ってないで、早く洗って戻らないと……エル様をお待たせするわけにはいかないもんね」

まずは髪から洗おう。えっと、濡らしてからこの透明なお薬を髪につけてゴシゴシ……

「わわっ、本当に泡が立ってきた。泡って目に入ったらすごく痛いんだよね……気をつけないと」

ずいぶん前にお皿を洗っていた時、泡がついた手で目を擦ったら、泡が目に入って大変なことになった。あの痛みを思い出した私は目をギュッと瞑りながら髪を洗い、泡をお湯で流す。

あの時、なんでそんなに馬鹿でグズなんだってコックの人に怒られたし、それを聞いたお父様にも怒られて、散々だったなぁ……思い出したら、また悲しくなってきちゃった。

「ぐすん……は、早く洗おう……」

その後に、身体もしっかりと洗ってからお風呂を後にした。

身体はポカポカするし、綺麗になったんだろうけど……さっぱりしすぎて逆に落ち着かない。

とにかく早くエル様の元に戻らないと。そう思った私は、早足で脱衣所を出て先程の部屋へと歩き出した。

「おかえり。さっぱりしたかい？」

「は、はい。こんな贅沢、生まれて初めてです……本当にありがとうございました」

先程の部屋に戻ると、椅子に座って本を読んでいたエル様がこちらを向いて微笑んでくれた。

……すごく分厚い魔導書だ。多分だけど、私なんかじゃ人生全部を使っても、この本一冊に書かれたことを理解するのはできなそう。

「どういたしまして。僕が昔着ていた服しかなかったから、なるべく小さいサイズの服を置いておいたんだけど……やっぱり大きいみたいだね」

「い、いえ。すごく暖かいです。ありがとうございます」

いつの間にか脱衣所に置かれていた着替えは、確かにエル様の言う通り大きかった。

置かれていた服は男性用のローブだったけど、そんなのは気にならないくらい暖かくて、とても心地好かった。私の服はゴワゴワしてたし、泥で汚れてたし、ところどころ破けてたし……

「人形に持たせた手紙は読んでくれたかい？」

「はい。おかげさまで、ちゃんとお薬を使うことができました」

「それは良かった。あれ、頭に巻くためのタオルを置いておいたはずだけど？」

「あっ……タオルを頭に巻く習慣がなくて……ごめんなさい」

確かに身体を拭くタオルのほかに、もう一枚タオルがあったのは知っている。でも、これは後でエル様が使うものだと勘違いしちゃってた。

「そうなのかい……？　ふむ、そこに座っててちょっと待っててくれるかい？」

「え？　は、はい……」

咄嗟に返事をすると、エル様はそそくさと部屋を出ていく。それから間もなく、彼はさっき脱衣所に置かれていた、もう一枚のタオルを持って戻ってきた。

「じっとしててね」

「ひゃん!?」

エル様は私の後ろに立つと髪を優しく触りながら、器用に頭にタオルを巻き始めた。それにビックリした私は、身体が竦んだ。

……誰かにこんなに優しく頭を触られたのって初めてかも……ビックリしたけど、なんだか心地好い。それに、安心したせいか少し眠くなってきちゃった。

おかしいな、さっきまで感じていた恐怖心が、いつの間にかどこかに行ってしまった。

エル様に優しくしてもらえたからかな……？

「はい、これで大丈夫」

「ありがとう、ございます」

ウトウトしている間に、私の頭にタオルを巻き終えたエル様は、私の対面に置いてある椅子に腰を掛ける。

かなり伸びている前髪もタオルの中にしまったおかげで、視界がすごく良くなったなぁ……

実は前髪を伸ばしてたのには理由がある。自分の顔を見ると、家の人達はみんな不機嫌になるから、前髪を伸ばして見えないようにしていたの。

……けど、髪を伸ばしていたせいで、たまにオバケだ、気持ち悪いだとか言われて、暴力を振るわれていたから、結局どうやっても私の未来は変わってなかったかな。

「大きくて綺麗な青い瞳だね」

「え？」

「君の瞳の話だよ。もちろん見た目だけの話じゃない。……僕はこれまでの人生でたくさんの人を見てきたけど、君のような優しくて美しい瞳は見たことがない」

「あ、あうぅ……」

ニッコリと笑いながら言うエル様。

一方の私は、顔が熱くなるのを感じながら、オロオロすることしかできなかった。

ど、どどど、どうしよう、どうしよう……こんなに褒められたことなんて生まれて初めてで、どう返したらいいかわからない。胸もすごくドキドキしているし、頭も真っ白でなにも考えられない。

そんな私を救うように――いや、あざ笑うかのように、私のお腹からグ～っという音が鳴った。

「あ、えっと……これは、ちがっ……ごめん、なさい」

「隠す必要はないさ。お腹が減るということは、健康な証拠だからね。さあ、ご飯にしようか。すぐに持ってくるから、ここで待ってて」

そう言うと、エル様は部屋を出ていってしまった。残された私は、ここに来てからお世話になっているお人形さんに視線を向けた。

「お人形さん、あなたの家族はとっても優しいお方なのね」

お人形さんの頭を人差し指で撫でながら言うと、テーブルの上に立つお人形さんは、肯定の意を示すように何度も頷いた。

家族……か。私も名家なんかに生まれないで、普通の家に生まれていれば……こんな辛い思いをしなくてすんだの、かな……

こんなことを考えても仕方ないけど、無意識に思ってしまう。

また目元が熱くなってきた。

「あ……」

私を慰めるように、お人形さんは小さな手で私の手をさすってくれた。

冷たくて無機質な手のはずなのに、私には屋敷にいた人間の誰よりも温かい手に感じられた。

「慰めてくれるの……？　ありがとう……あなたもとっても優しいのね」

お人形さんは口がないからか、一切言葉を発さないけど……それでも、私にはお人形さんが「元気出して」って言っているように思えた。

「お待たせ。おや、人形と遊んでいてくれたのかい？」

「その……お人形さんが、私を慰めてくれて」

「そうだったんだね。それは僕の魔法で作った人形なんだ。僕の大切な家族さ」

「家族……素敵ですね」

「ふふっ、ありがとう」

やっぱり魔法で作ったんだ。創造系の魔法ってすごく難しいって聞いたことがある。それが使えるだけで、一生仕事には困らないと言われるくらいだ。

ちなみに、魔法にはいろんな種類がある。物を作ったり、指定した道具を動かしたり……変わり種だと、目の前に置いた本のページを自動でめくってくれる魔法もあるって聞いたことがある。

そして、魔法は一から作ることができる。でも、それは高い技術力と魔力がないと不可能な高等技術だ。本当に一部の魔法使いしかできない。

だから、大多数の人は、過去にすごい魔法使いによって作られた魔法をそのまま使ったり、使いやすいようにアレンジしたりしている。

魔法が生活を支えているこの世界で、魔法を一から作れるのは、それほどまでに役に立つ。

そういえば、お父様やシャロンもすごい魔法使いだけど、一からは魔法を作れないってぼやいていたな。何度実験しても上手くいかないみたい。そのたびに怒りの捌け口として、私に酷いことをしてきた。

うぅ……思い出したら、また悲しくなってきた。

「どうかしたのかい？　顔色が優れないようだけど……」

「い、いえ……なんでもないです」

しっかりして、私。私に優しくしてくれたエル様に、ご迷惑をかけないために、あんまり顔や行動に出さないようにしないと。

「そうか。とりあえず、ご飯を食べると良い」

エル様は、乱雑に切り分けられた果物と、木の実が入ったスープが盛られた皿を私の前に置いてくれた。

うわぁ……すごく美味しそう。特にスープはいい匂いがして、食欲をそそられる。

どうしよう、またお腹が鳴っちゃいそう。でも我慢して私のお腹。いくらいつものスープに比べて何百倍も美味しそうとはいえ、男性の前で二回もお腹が鳴るのは、さすがにいたたまれないよ。

「森で採れた果物と、木の実のスープだよ。ごめんね、ちゃんとした料理ってほとんどしないから、見た目がかなり悪いんだけど……」

「そんな、むしろ私こそごめんなさい。食事まで用意していただいて……」

「謝る必要はないよ。さあ、お食べ」

エル様に促された私は、小さくいただきますと言ってから、切られた果物に手を伸ばす。

こんなに美味しそうな果物や、具がちゃんと入ったスープなんて、私に不釣り合いな食べ物だ。食べたことがないから、緊張で手が震えちゃう。

「あむっ……」

手が震えているせいで、口元に持っていくのに苦戦しながらも、何とか果物を口に運んだ。

甘い果汁が口一杯に広がった。な、なにこれ。果物ってこんなに甘くておいしいんだ。こんな食べ物を口にするなんて、私はなんてバチ当たりなことを……

ごめんなさい、でも今だけは。どうせ私はこの後に死ぬんだから、今だけは許してください。

「美味しい？」

「美味しい……美味しい、です！」

「良かった。見た目はアレだけど、スープも美味しいよ」

「はい……温かくて……美味しい……です」

エル様に促されて、私は更にご飯を食べ進める。その速度は、口に運ぶたびにどんどんと早くなった。無心に食べていると涙が頬を伝った。

あれ？　また涙が止まらない……さっきもそうだけど、悲しくも辛くもないのに……どうして涙が出るの？

「リリー？　もしかして本当は美味しくなかった？」

「ちがっ……ごめんなさい。美味しい、のに……涙が、止まらなくて……ごめんなさい」

ぐずぐずと泣き続ける私の横で、エル様はお人形さんと何か話しているようだ。

「うんうん……そうか、寝てる時もずっと謝りながら泣いていたのか。よっぽど辛い目に遭ってきたんだね。可哀想に……ここには君をいじめる人はいない。だから、安心してお腹いっぱい食べて良いんだよ」

お人形さんは喋れないはずなのに、エル様はお人形さんの言っていることが理解できたみたいだ。何か魔法で話をしているのかもしれない。

「ごめんなさい……ごめ、ごめんなさい」

自分でも理由がわからない涙を流し続けながら、私はまた謝っていた。

きっと一生忘れることができないだろう。この果物とスープの美味しさと、美味しいご飯を振舞ってくれたエル様の優しさ。

「ごちそうさまでした。美味しかったです」

「それは良かった」

いつの間にか、持ってきてくれた果物とスープを全て平らげてしまった。すぐ近くでずっとニコニコしながら私を眺めていたエル様に頭を下げた。

はぁ……本当に美味しかった。こんなにお腹も心も満足した食事は、生まれて初めてだよ。

「あ、あの……どうしてそんな笑顔で私を見てるのでしょうか？　私みたいな人間を見ていても、何も楽しくないですよ？」

「美味しそうに食べる姿が、とても微笑ましくてね」

「そうなんですか？　私が家にいた時は誰かの前で食事をしてたら、こんな場所で食べるなって怒られていたので、こうして人前で食べるのは不思議な気分です」

今思うと、最後に誰かと食事をしたのっていつだろう？　少なくとも、ここ数年はずっとあの小屋で一人寂しく食べていたな。

「ところで……何があったのか、話してくれるかい？」

「……はい」

私を助けてくれたエル様には、私の身に何があったのかを聞く権利がある。

そう思った私は、ここに来るまでの経緯や私が今までしてきたこと、受けてきた仕打ちを話した。

その間、辛い出来事を何度も思い出してしまい、また泣いてしまった。でも、そのたびにエル様が優しく慰めてくれた。

それがとても嬉しかった。たくさん虐げられて、傷つけられてきたけど、慰めてくれる人は誰もいなかったから。

「ダラムサル家、か。実の娘に対して奴隷みたいな扱いをするなんてね。まあ昔から、良くも悪くも地位と名声にしか興味がない連中だからな……やりかねないか」

「エル様は……ダラムサル家を知っているんですか？」

「まあね。名門だから、いろいろな場所で名前を聞いたよ。数少ない侯爵家だしね」

確かにダラムサル家は名門だ。社交界にも頻繁に顔を出していたらしいから、エル様がご存じでもおかしくはない。

「それにしても、深い森の奥に追放なんて、実質死体の出ない処刑みたいなものだ。それに、死んだ理由を適当にでっちあげることも容易《たやす》そうだ……全くふざけた真似をする連中だ」

「いえ……魔法の才能がない私が全部悪いんです。お父様は何も悪くない」

エル様は唇を噛み締め、眉間にシワを寄せる。

エル様が怒る理由なんて何一つない。私のために、綺麗な顔を歪めないで……

エル様は、さっきみたいに笑ってる方が似合う。

「リリー、君はとても優しいんだね。でも、悪くもないことを自分のせいにするのは良くないよ。だから自分をそんなに卑下するのはやめるんだ」

「……私なんかよりも、見ず知らずの私を助けてご飯まで振る舞ってくれたエル様の方が、とても優しいじゃないですか」

エル様の言葉はとても嬉しい。でも、全ての原因は私。ダラムサル家に生まれたのに、魔法の才能を持っていない私が悪い。

お父様もシャロンも使用人達も悪くない。むしろ、酷いことをされて当然な存在だ。期待に応えられない私を見たら、怒るのも無理はないもの。

「リリー、君って子は……」

「……何から何まで本当にありがとうございました。何かお礼を……」

「そんなの気にしなくていいよ。僕が好きでやったことだしね」

私に気を遣わせないようにしてくれてるのか、エル様は優しく微笑みながら言う。やっぱり、エル様は笑顔の方がよく似合うな……見てるだけで、安心できる。

でも……エル様の気持ちはとても嬉しいけど、この状況で気にするなって言う方が無理がある。

「……私のような人間にここまでしていただいて、お礼の一つもできないなんて……エル様にご恩を返すためなら私、なんでもします」

「ふふっ……君は優しいだけじゃなくて、とても真面目で良い子なんだね」

「え……？」

エル様は口元に細くて綺麗な指を当てながら、上品に笑ってみせた。

その全てがあまりにも美しくて輝いて見えた。

一方、私は素《す》っ頓狂《とんきょう》な声を漏らしながらエル様をジッと見つめることしかできなかった。

「だってそうだろう？　そんなに辛い目に遭っても、今日まで家のために文句一つ言わずに仕事をして、魔法の練習もしていたんだろう？　普通、そんな家のためにそこまでする必要があるとは思えない。でも、リリーは頑張って、そして自分を責めてしまっているんだ」

私を褒めてくれるその気持ちはすごく嬉しい。でも、それと同時に、強い罪悪感に苛まれた。

だって……私はエル様に褒めてもらえるような、良い子じゃないから。

「私は良い子じゃないです。家の期待に応えられない無能です……私なんか、生まれてこなければ良かったんです。早くこの世から消えるべきなんです……それがみんなにとっても幸せなんです」

「やめろ。冗談でも、そんなことを言うな」

ずっと優しい雰囲気だったエル様は、すごく怖い顔をしながら私の言葉を遮る。

「この世に生まれた生命に、不必要なものなんて何一つない。僕はそう信じて生きてきた……リリーだってきっと生まれてきた意味があるんだ。だから……そんな悲しいことを言わないでおくれ」

エル様はそう言いながら、そっと私の頭を撫でてくれた。とても優しいその撫で方から、手を通じてエル様の気持ちが流れ込んでくる気がした。

……エル様の優しさがとても私には温かい。ダラムサル家での生活で冷えきった心に、優しさという名の熱がじんわりと広がっていくようだ。

「生まれた意味……私なんかにそんなのあるのでしょうか」

「きっとあるさ。さて、疲れただろう？　今日はゆっくり休むといいよ」

「そ、そんな……これ以上ご迷惑は……すぐに出ていきますので」

「外はまだ雨が降っている。そんな中に放り出すなんて、人間のやることじゃないよ」

そうなのかな……私、前にお皿を割っちゃった時、罰として酷い雨の日に木に括りつけられて、一日放置されたことがあるんだけど……それは普通じゃないのかな。

「じゃあ僕は隣の部屋にいるから、何かあった時はそこのベルを鳴らしておくれ」

「……はい……ごめんなさい」

「ふふっ、謝られる理由なんてないよ」

「……ごめんなさい……」

「それじゃあ、おやすみ。リリー」

「……おやすみなさい、エル様」

優しい微笑みを残したエル様は、お人形さんと一緒に食器を持って部屋を後にした。

急に静かになっちゃった。おかしいな、こんなの毎晩のことなのに。どうして今日はこんなに寂しいって思うんだろう……

「……気にしなくていい、か。早くここを出なきゃ……」

エル様はとても優しい人だ。きっと私がここにいたらずっと気にかけてくれて、私に優しくしてくれるだろう。

それはとても温かくて、幸せで……だからこそ、私にはそれを手に入れる資格はない。それに、私がここにいたら、エル様に迷惑をかけてしまう。そんなの嫌だ。

「ごめんなさい……悪いことをする私でごめんなさい」

私は頭に巻いたタオルを綺麗に畳んでベッドの上に置いた。部屋を照らしていたロウソクを一つ手に取ると、見つからないようにそーっと部屋を出る。

出口は……多分こっちかな。家の中を全部見たわけじゃないから確かじゃないけど。

「あった……ここから出られる」

無事に出口を見つけて音を立てないように扉を開ける。

外はまだ雨が降っているけど、私が森に捨てられた時よりは弱まっている。

うん、これくらいの雨なら、葉っぱが雨を遮ってくれるだろうから、ロウソクの火が消えなくてすみそう。

「あっ……」

家を去ろうとした瞬間、何かに足元をトントンと優しく叩かれた。私が咄嗟に足元に視線を向けると、そこにはお人形さんが立っていた。

「お人形さん……ごめんなさい……私、やっぱりここにはいられない。エル様やあなたに、これ以上迷惑をかけられないから……」

お人形さんはじっと私を見上げるように顔を上に向けている。

「大丈夫、誰にも迷惑をかけないように、ひっそりとどこかで死ぬから……最後にあなた達の温かい優しさに触れられて嬉しかった。エル様に、最高のご飯とお風呂をありがとうございましたって伝えておいて……さようなら」

お人形さんに伝言と別れの挨拶をした私は、静かにその場を後にする。

相変わらず雨は降り続けているけど、予想通り、辺りに生い茂る木々の葉が雨粒を防いでくれるから、思った以上に濡れなくてすんでいる。

……家を出てきたのは良いけど、どこに行こう。とにかく人気のないところに向かうのは決まってるんだけど……

「くしゅん！　お風呂から上がったばかりだし、髪も濡れてるから、すごく寒いな……へくちっ！」

エル様の家を出てから数分ほどしか歩いてないのに、すでに身体から体温が奪われ始めていた。寒いのなんて、この季節はいつものことなんだから……我慢しないと。

「……暗い場所にいると、屋敷にいた時を思い出しちゃう……」

私の住んでた小屋は暗くて最悪の住み心地だったけど、あそこなら一人になれた。一日が終わる頃、あの小屋で毎日泣いていた。虐げられた悲しみと傷の痛み、そして……努力しても報われない、自分の無能さに涙を流す日々を送っていた。

気を抜くとこぼれそうになる涙を抑えながら、再び歩き出す。

「こっちに行ってみよう……」

「グルルル……」

「……？　何か聞こえたような……？」

変な音に警戒し、足を止めて辺りを確認したけど、暗いせいでよくわからない。

さすがにロウソク一本で周りを明るく照らすのは無理があるかな。

「グルルル……」

「や、やっぱり何か聞こえる」

暗闇の向こうから、明らかに雨音でも私の足音でもない音が聞こえる。

なんだろう、獣の唸り声のような……？

そう思った時にはもう遅かった。

近くの茂みから、目を怪しく光らせた狼さん達が、唸り声を上げて私の前に出てきた。ザッと見ただけでも十頭はいる。

「ひっ……！」

私は咄嗟にその場から逃げ出した。がむしゃらに走る。走る。

すると、当然のように狼さん達が追いかけてきた。

ど、どうして私を追いかけてくるの？　お腹が空いてるの？　それともあそこは狼さん達の縄張りだったの？

わからない。わからないけど、今はとにかく少しでも早く逃げるんだ！

「はぁ……はぁ……きゃあ！」

雨のせいでぬかるんだ土に足を取られて転び、その拍子に足を挫《くじ》いてしまった。それだけじゃなく、ロウソクを水溜りに落として火が消えてしまった。

どこを見ても、完全に闇の中……あぁ……もう逃げられない。

ううん、そもそも逃げる必要なんてない。どのみち私は死ぬつもりだったんだし……私の肉が、狼さん達のご飯になるって思えば、私が生まれてきたことにほんのちょっぴり理由付けができるじゃない！

「やった……やったぁ！　ついに生まれた理由を見つけたよ！　うん、きっとそうだ……えへへ、死ぬ前に生まれてきた意味がわかって……嬉し、いなぁ……」

喜びじゃない——絶望で乾いた笑い声を漏らし、一粒の雫が頬を濡らすのを感じながら、私は全てを諦めて目を閉じた。

「……あれ……？」

死を覚悟して目を閉じたのに、いくら待ってもどこも痛くならない。

もしかして、狼さん達は私のことなんて食べる価値もないって思って、どこかに行っちゃった……？　でも、唸り声はまだ聞こえてくる。

恐る恐る目を開けると、暗くてはっきりとはわからなかったけど、確かにそこには、私を庇うように立つエル様の姿があった。その肩には、優しく光って辺りを照らすお人形さんの姿もあった。

ううん、それだけじゃない……エル様の腕には、狼さんの鋭い牙が、深々と刺さっている。

もしかして、さっきからどこも痛くなってないのは、エル様が守ってくれてたから？

うそ、やだっ……やだやだやだ!!　なんで私なんかの代わりに、エル様が傷つかないといけないの!?　私なんかどうでもいいから!!

「怪我はないかい？」

「私なんかよりも！　エル様の腕に！」

「ああ、これかい？　ふふっ、この辺りに住む狼はずいぶんと元気なものだ。うんうん、元気なのは良いことだ」

「そんなこと言ってないで、早く逃げて!!　私なんかのために怪我しないでよぉ！」

お人形さんに照らされたエル様の顔は、痛みなど全く気にしていないのか、微笑みを浮かべている。

絶対に痛くないわけがない。だって、あんなに深々と刺さって、血も出てるのに……！

「まったく、彼女を泣かせるだなんて、オイタもほどほどにしなよ。さあ、もう夜も遅い……お家におかえり」

エル様がそう言うと同時に、一瞬だけ辺りが真っ白な光で照らされる。

突然の光に、思わず私は目を瞑ってしまった。それから数秒後、恐る恐る目を開けると、エル様に噛みついていた狼は黒焦げになっていた。

一瞬しか見えなかったからよくわからなかったけど……エル様の身体から、バチバチと電気が漏れ出てる……もしかして、雷魔法？

「ウー……」

今の一瞬でエル様が危険な生き物だとわかったのだろう。狼さん達は威嚇をしながら、ジリジリと後ずさりをするようにして去っていった。

私、本当に助かったの……？　ううん、私なんかどうでもいい。それよりもエル様を！

「ふふっ、聞き分けが良い子達で助かった」

「エル様！」

私は急いで立ち上がると、エル様の腕の状態を確認する。強く噛みつかれたのか、エル様の腕からはたくさんの血が溢れ出ていた。

「ごめ、ごめんなさい……私のせいで……」

「気にすることはないさ。君を守れたのなら、それでいい」

「でも……でもぉ……！」

「ほら、涙を拭いて。君に涙は似合わない」

エル様は怪我をしていない方の手で、私の頬を優しく撫でながら慰めてくれた。

……どうして？　どうして私のような、生きてる価値のない人間を、酷い怪我をしてまで助けてくれるの？　優しくしてくれるの？

どうして……どうして……

「どうして私なんかを助けてくれたんですか……？」

「……君が僕に似ているから、かな。だから放っておけなくてね」

「……ご迷惑をかけるような私なんかと……優しいエル様が似ているはずがありません」

エル様は私のような人間に気を遣ってくれる優しい人。一方の私は、エル様にまた迷惑をかけてしまうような駄目人間……ううん、迷惑どころじゃない。こんな怪我までさせて。

こんな最低な私なんか、やっぱりさっき襲われて、死んじゃえば良かったんだ……

「君の綺麗な瞳は、とても正直者だね」

「え……？」

「私のせいで僕に迷惑をかけた、私なんか死んじゃった方が良かった……そんなことを思っているだろう？」

す、すごい、どうしてわかったんだろう。もしかして、エル様って心が読める魔法が使えるの？

「……はい。エル様のご想像通りです……」

「……君がどうしても出ていきたいのなら、どうしても死にたいと言うなら、僕はもうこれ以上は止めない。君の人生に、僕が何度も口出しをする権利はないからね。でも……それが君の本当の気持ちかい？」

エル様はまっすぐに私を見つめながら、優しく笑ってくれた。

私の……私の気持ち……は……

「大丈夫、僕は君の気持ちを否定しないから。だから、正直な気持ちを言ってごらん」

「うん」

「エル様……私……わた、し……死にたくない……死ぬのは怖い……！」

一言口にしたら、もう止まらなかった。

私のずっと心の底に溜めていた悲しみや寂しさが、言葉と涙となって溢れ出ていく。

「一人ぼっちはイヤ……私も誰かに必要とされたかった……誰かに愛されたかった……！」

「うん。よく頑張ったね」

「あっ……あぁ……」

想いを吐露しながらエル様の傍に寄ると、エル様は私をそっと抱きしめてくれた。

「私……家のために頑張りたかった……！」

「何を言っているんだい。君はずっと一人で頑張ってきたじゃないか。もう十分だよ。君はもうダラムサル家に縛られず、君の人生を歩む時が来たんだよ」

「うぅ、エル様……エルさまぁ……！」

私のことを、こんなに見てくれる人なんていなかった。心配なんてしてくれる人もいなかった。一緒に笑ってくれる人だって。

でもエル様は私に向き合い、優しくしてくれる。心配してくれる。

私にはそれがなによりも嬉しかった。

——私という存在を認め、そして受け入れてくれた優しいエル様に、少しでも報いたい。助けたい。

そう強く思うと、私の気持ちに呼応するように、両手が純白の光を放ち始めた。

「え、なにこれ……!? 私の手から……！」

「この光……魔力を感じる……」

え、魔力……？ そんなのおかしいよ。今まで一度も魔法が使えなかったのに。

「僕の腕の傷が……」

「塞がって……いく？」

私の手から生まれた光は、優しく辺りを照らしながらエル様の怪我をした腕を包んでいき——傷をみるみる塞いでいく。

驚く私のことなどお構いなしに、傷が完全に治ったところで、光はスッと消えていった。

それとほぼ同時に、私の身体に凄まじい疲労感が襲ってきた。身体を起こしていられず、エル様の胸の中で、力なく項垂れてしまった。

「リリー、大丈夫かい？」

「はぁ……はぁ……何とか……でも、今のは……？」

「今のは回復魔法だ！ すごいじゃないかリリー！ 回復魔法は聖女と呼ばれる人間にしか使えな

い、超高等魔法だよ！」

エル様は私を抱きかかえながら説明をしてくれた。一方の私は、あまりにも突然のことすぎて頭が追いつかない。驚きすぎて、涙も引っ込んでしまったようだ。

「え……聖女……？　なんで……今まで魔法なんて一度も使えたことがないのに……」

「何かいつもと比べて変わったこととかなかったかい？」

か、変わったこと……？　突然そんなことを言われてもよくわからない。

えーっと、うーんと……

「その……エル様の力になりたい……助けたいって……強く思いました」

「……なるほど。回復魔法は、心が優しくて清らかな聖女にしか使えず、更に強い想いがあって初めて使えるようになると、前に書物で読んだことがある。もしかしたら、僕を想ってくれたことがきっかけで、回復魔法の才能が開花したのかもしれないね」

よ、よくわからないけど……私、魔法が使えるの……？　ずっと自分は魔法が使えない駄目な人間って思ってたけど……魔法の才能があったんだ……！

「私……魔法が使えたんだ……ぐすっ……無能じゃなかったんだぁ……！」

「ああ。君には素晴らしい才能があったんだ。良かったね、リリー」

「エル様……全てあなたのおかげです。本当にありがとうございます……！」

「僕はきっかけに過ぎないよ。リリーがここまで頑張ったご褒美が来たんだよ」

「エル様……エルさまぁ……」

「ほら、そんな泣いてる顔じゃなくて、僕に見せる表情があるだろう？」

エル様に見せる表情……？　一体どんな表情だろう？

「嬉しいことがあったら、笑うんだよ。こうやってね」

「笑う……えっと、こうでしょうか……？」

幼い頃から、笑ったらバカにしてるのかと殴られてたから、もう何年も笑ってない。

だから、笑い方なんて忘れてしまってるんだけど……こ、こうでいいのかな……

「うん、やっぱり君の笑顔は、君の心と同じくらい美しいね」

「そ、そんなことはありません……ちゃんと笑えてませんし……」

「ほら、自分を卑下しない。君の悪い癖だよ」

「ごめんなさい……でも、みんな私を汚いって……醜いって……」

「今までは全ての人が君を否定したかもしれない。でも、そんなの関係ない。誰がどれだけ否定しても、僕には関係ない。君は身も心も美しい、素晴らしい女性だ。僕はそう信じてるよ」

「エル……様……」

ドキッ――

え……？　この胸の高鳴りは何……？

身体もなぜか熱を帯びている。特に顔がすごく熱い……まるで強く叩かれた後みたいだ。

「リリー？　どうかしたのかい？」

「い、いえ。何でもないです」

「そっか。それで……僕の家に来るかい？」

「行きたいです、けど……やっぱり申し訳ないです」

「うーん、じゃあこうしよう。僕の家で住み込みで働いてくれないかい？」

エル様の提案に、私は小さく「え……」と漏らしながら、顔を上げてエル様の顔を見つめた。

「僕の家を見ればわかると思うけど、僕は整理整頓が酷く苦手でね。生活もかなり適当なんだ。だから、君には僕の身の回りの手伝いをしてほしい。もちろん君一人に任せたりしないよ。僕や人形も一緒にやると約束する。どうかな？」

つまり、お掃除とかお洗濯とかすればいいってことかな。うん、それなら長年やってきたから、私にもできる。

ほかの人なら怖いけど、エル様なら信用できるし、安心できる。それに、守ってくれた恩返しもしたい。そのためならどんなことでもできるし、したいって思うの。

「……はい。不束者《ふつつかもの》ですが、よろしくお願いします」

「こちらこそよろしくね。じゃあ、帰ろうか」

「きゃっ……」

私はエル様にお姫様抱っこをされながら、さっきのお家へと向かっていく。

「え、エル様⁉　まだ怪我が治ったって確証はないんですから、無理をしては……！　それにその、恥ずかしいです！」

「怪我に関しては大丈夫だし、ほかに誰も見てる人はいないのだから、恥ずかしがる必要もないよ」

「そ、そういう問題じゃ……あうぅ……！」

私のささやかな抵抗も虚しく、そのまま私はエル様の家まで、お姫様抱っこで連れていかれてしまった。

――まさか私が必要とされる日が来るなんて、夢にも思ってなかった……

……そっか、私はこの人に出会うために生まれてきたんだ。きっとそうに違いない。

なら、私はこの人のために頑張って生きよう。

そのために、エル様の望むことはなんでもしてあげよう。私はそう心に強く誓った。

……それにしても、さっきの胸の高鳴りは何だったんだろう……？

＊＊＊

「うーん……あれ、ここどこ……？」

窓から差し込んでくるお日様の光によって目を覚ました。私の目の前に広がる光景は、いつものボロボロの小屋じゃない。

「な、なんで私、こんなところに……あっ」

そうだ……昨日からエル様のお家に住まわせてもらうことになったんだ。それであの後、もう一度お風呂に入れさせてもらって、そのまま疲れて眠っちゃったんだ。

……こんな平和な朝なんて、初めてだ。屋敷の人に起きるのが遅いからと殴られないし、仕事に追われることもない。本当に平和で……夢なんじゃないかと思ってしまう。

これで本当に夢でした、また屋敷で生活してください、なんてことになったら、それこそ立ち直れない。

「ちょっとほっぺをつねってみよう……い、いひゃい」

ああ、夢じゃない。私は本当に屋敷から逃げ出して、平和な時間を手に入れたんだ。

「……なんか、頭ではわかっていても、ジッとしてると落ち着かない……」

ずっと辛かったのに、仕事に追われなくなったらそれはそれでソワソワしてしまう。身体に染み付いた習慣って恐ろしいね。

そうだ、こうしてても仕方ないし、早速お家のお掃除をしようかな。

このお家はその……お世辞にも綺麗とは言えないから、今からお掃除をして損はないだろうし。

そうと決まれば、まずはお掃除道具とお水を調達しなきゃ。

「でも……どこにあるんだろう？　部屋の中を引っ掻き回すわけにもいかないし……エル様に聞い

てみようかな。起きてると良いけど……」

キョロキョロと周りを見渡してみる。

「あれ、お人形さん？　あなたも早起きさんなのね」

足元をトントンとする感覚に反応するように視線を下げると、お人形さんが丁寧にお辞儀をしてくれた。

ふふ、本当にこの子は可愛いなぁ。見ててすごく癒されるよ。

「私ね、お掃除がしたいの。でもお掃除の道具と、お水がある場所がわからなくて……お人形さんは知ってる？」

私のお願いを聞いてくれたのか、お人形さんは大きく頷いてから、お家の外へ続く扉の方を向きながら跳ねた。

外に行きたいのかな……とりあえず扉を開けてあげよう。

「こっちにあるの……？」

お人形さんについていくと、一階建てのお家の隣に建てられた物置小屋に着いた。

「開けていいの？」

お人形さんに問いかけると、また大きく頷いた。

「ありがとう。それじゃ……おじゃまします」

物置小屋の中はすごくゴチャゴチャしているし、かなり埃っぽかった。

こんな場所に、お掃除道具があるのかな……？

ううん、お人形さんが案内してくれたんだし、きっとここのどこかにお掃除道具があるはずだよね。

「えーっと……あ、これかな」

なるべく周りの物に触らないようにしながらお目当ての物を探すと、お掃除に使えそうなホウキや雑巾、お水を汲めそうな木のバケツが置いてあった。

良かった、あとはお水さえあれば大丈夫そう。近くに川でもあればいいんだけど……

「こういう時に、魔法で水が出せればなぁ……」

きっとお父様やシャロンなら、簡単に水を出せるだろう。そして、私にそんなこともできないのかと怒鳴り、嘲笑するだろうな……うぅ、考えたら悲しくなってきた。

「あ、お人形さん……」

にじんだ涙を手でこすりながら小屋を出ると、出迎えてくれたお人形さんが首を左右に傾げていた。

もしかして、慌ててる……？

私がお掃除道具を見つけられなかったって勘違いしてるのかな……？

「ご、ごめんなさいお人形さん。ほら、探してた物は見つかったよ」

持ち出したお掃除道具を見せてあげると、お人形さんはまた小首を傾げた。

それは、まるで『それならどうして泣いてるの？』と聞いているように見えた。

「ちょっと昔のことを思い出しちゃっただけだから。私は大丈夫だから」

お人形さんに心配をかけないように元気に振る舞うと、なぜかお人形さんは右足で地面を何度も強く踏みつけていた。

これ、怒ってる……？　私の言ったことが気に入らなかったの……!?

「ご、ごめんなさい。もう言わないから……。それでね、お掃除のためのお水を探してるんだけど、お人形さんは知らないかな？」

任せてと言わんばかりに、お人形さんはまたどこかへと向かっていってしまった。急いでその後をついていくと、小さな川が流れていた。

すごく澄んでいるし、朝日に反射してキラキラと輝いてる。

綺麗な川……あ、お魚さんが元気に跳ねてる。

とっても綺麗だからずっと眺めていたいけど、そうはいかないよね。早く汲んで戻らなきゃ。

「ありがとう、お人形さん。これでお掃除ができるよ」

私を案内する役目を終えたお人形さんは、なぜか足元で何度も跳ねていた。

なんだろう……？　お人形さんは喋れないけど、ある程度なら意思疎通はできる。さっきもちゃんと通じたし。でも、今は何を伝えたいのかわからない。

「お人形さん、どうしたの？」

お人形さんを掌の上に乗せて持ち上げた。

「きゃっ……」

お人形さんはそのまま腕をよじ登って肩にちょこんと乗っかった。

そっか、ここに乗りたかったんだね。じゃあお水を汲んだら、お人形さんと仲良くお家に戻ろうかな。

「よいしょっ……と。これだけあれば大丈夫かな。お人形さん、落っこちないように気をつけてね」

大きく頷いたお人形さんは、満足げに足をパタパタとさせる。

その可愛さに少し癒されながら、私はエル様の家へと戻り、お掃除を始めた。

まずはリビングからやろう。先に埃を取ってから、しっかりと水拭きをして……乾拭きもちゃんとしてっと……うん、綺麗になったね。一部分だけだけど。

これじゃダメだ。やるからにはもっと綺麗にしないと。よし、朝食の前にリビングを綺麗にすることにしよう。

頑張れ、私!

「んしょっ……よいしょ……よし、おしまい」

屋敷での経験のおかげで、さほど時間をかけずにリビングの掃除が無事に終了した。

本当はエル様のお部屋やほかのお部屋もお掃除したかったけど、さすがに勝手に入るわけにはいかないもんね。

ちなみに、お人形さんも手伝ってくれたんだ。小さな布で一生懸命テーブルを拭いてくれたの。すっごく可愛くて……ずっと見ていたかった。

「これはどうすればいいのかな……」

何を捨てて良いのかわからなかったから、仕方なく部屋の隅にいろいろと寄せちゃった。積み上げた物を見ながら呟く。この山のせいで完璧なお掃除とは言えないけど、それでも来た時よりは綺麗になったと思う。

それにしても、まさか毎日やっていたお掃除の技術が役に立つとは思ってなかったな……喜んでいいのか、何とも微妙な気持ちだよ。

「あれ……ちょっと待って。確かに昨日身の回りのお手伝いをお願いされたけど、確認もしないで今日から勝手にお掃除しちゃって良かったのかな……」

ど、どうしよう……急にすごく不安になってきた。余計なことをするなって怒られて、もし追い出されちゃったら……！

嫌なことを考えたら、また屋敷での生活を思い出してしまった。

せっかく穏やかな日々を送れるようになったかもしれないのに、こんなことでまたあの生活に戻るの……？

「ふぁぁ……おはよーリリー……」

「ひゃあああ!!」

「ど、どうかしたのかい!?」

ずいぶんと気の抜けた様子のエル様に声をかけられる。私は気が動転したせいで、思い切り声を荒げながらピョンと小さく飛び跳ねてしまった。

「顔が真っ青じゃないか。もしかして調子が悪いのかい？」

「い、いえ……そういうわけでは……」

「部屋が綺麗になってる。もしかしてリリーが？」

エル様の問いに対して、私の身体がビクンッと反応した。顔からは血の気がサーッと引き、身体は変にふわふわして気持ち悪い。

こういう時はいつも吐き気が酷くなる。

それに、身体が覚えているのか、怒られると思うと自然と全身が強張り、震えが止まらなくなるの。

「その……は、はい……お人形さんに道具とお水がある場所を聞いて……エル様に聞く前に勝手にお掃除しちゃって……ごめんなさい」

「すごいじゃないか！　とても綺麗だよ！」

「え……？」

怒られるのを覚悟で説明をすると、なぜかエル様は真紅の目を輝かせながら、私の手を取った。

てっきり叩かれると思っていたのに、どうしてこんなに褒められるんだろう？

私、勝手なことをしちゃったのに……

「あんなに散らかっていたのに、この短時間で綺麗にするなんて、リリーはすごいな！」

「い、いえそんな……これくらいなら……」

「謙遜なんていらないよ！　リリーはすごい！」

ど、どうしよう……まさかこんなにたくさん褒めてもらえるなんて思ってなかった。

「あれ、部屋の隅に積んである書物は……」

「えっと、どれが捨てていいものかわからなかったので……わかりやすいように分別して部屋の隅にまとめておいたんです……ごめんなさい」

「うわっ、すごい綺麗にまとまってる⁉　たくさんあって大変だっただろう⁉」

「そ、それほどでも……この方が、エル様が見やすいかと思って……」

「そっか、僕のことを考えて……君は本当に真面目で優しい子なんだね。ありがとう、リリー」

「ど、どういたしまして」

エル様はとても嬉しそうに笑いながら、私の頬を優しく撫でてくれた。

どうしよう……お屋敷にいた時はお掃除するのは当たり前で、どれだけ頑張ってもお礼の一つも言われたことがないのに、たった一回やっただけでこんなに喜んでもらえるなんて。

うぅ、顔が自然と緩んじゃうし、嬉しくてモジモジしちゃう。

もっと褒めてもらいたい、エル様に喜んでもらいたくなっちゃうよ。

「これは今日は奮発しないといけないね」

「……？　エル様、何のことですか？」

「今日は、とある場所に行こうと思っていてね。リリーにも来てほしいんだ」

とある場所……？　それに私もって……私なんかが一緒に行って良いのかな。

もしいいなら、私もご一緒したい。少しでもエル様と一緒にいたいから。

「今回はリリーが主役だからね。来てくれないと、ちょっと困っちゃうかな」

「え……？」

「君の美しい瞳がね、私なんかが一緒でいいのかなって言ってるよ」

また考えてることがバレちゃった。エル様ってすごいな……。そのうち、私のことなんか全てお見通しとかになっちゃいそうだね。

「その、どこに行くのでしょうか？」

「森を出て少し歩いたところにある、小さな町へ買い物にね」

森を出て……？

大丈夫かな……ダラムサル家の人に見つかったら、いろいろ面倒なことになっちゃうかもしれない。

それに、エル様は信じられるけど、ほかの人が怖いのは確かだ。

ただの考えすぎかもしれないけど、そう思ってしまうほど、私は今まで酷いことをされてきた。

「僕の転移魔法で行くからすぐに着くよ。ちなみに、ダラムサル家がある王都から、かなり離れている田舎町だから、リリーを知ってる人はいないから安心して」

また私の考えていることがわかったのか、エル様はパチンとウィンクをしながら言う。

なんだろう。エル様に考えていることがバレると、嬉しく思ってしまう自分がいる。

エル様に理解してもらえているからかな？

「転移魔法？　確かそれってすごく難しい魔法じゃ！」

「そうだね。魔法の中でもかなり高位に位置するものだよ。リリーは物知りだね」

やっぱりそうだ。前に、全然会得《えとく》できないって、シャロンが愚痴をこぼしながら練習していたはず。

シャロンだって、ダラムサル家の魔法使いとして、とても優秀だ。そんなシャロンですら会得できなかった魔法なのに、エル様は使えるなんて……

「それに、リリーにとって悪い話じゃない。大丈夫、僕を信じてついてきてほしいな」

一体何だろう？　気になるけど、エル様の言うことを疑うつもりは一切ない。

だって、エル様は私を守ってくれているんだもん。きっと大丈夫。

「わかりました」

「よし、決まりだ！　ただ一つだけ、僕と約束をしてほしいことがあるんだ」

「約束……？」

「ああ。君の回復魔法なんだけど、僕以外の人がいるところでは使わないでほしい」

使わないでって……せっかく使えるようになったのに、使っちゃいけないってどうしてだろう？　誰かに見せびらかすつもりはないけれど、待望の魔法なんだから、ちょっとは使ってみたいのに。

「希少な魔法は価値があるから、狙ってくる輩《やから》が出てくることがある。そういう連中から、君を守るためなんだ。約束してくれるかい？」

「わ、わかりました」

「ありがとう。それじゃ出発しようか」

魔法が使えないのは残念だけど、エル様は私のために言ってくれたんだ。

エル様に連れられて外に行くと、お家の裏の地面に魔法陣が描かれていた。

ちなみに、お人形さんはお留守番をしてくれるみたい。

「これが……転移魔法をするための魔法陣？」

「そうだよ」

思ったより大きくない魔法陣だ。私が寝転んだくらいの大きさ。

大丈夫ってわかってても、ちょっぴり怖い……。体罰の一環として、乗ると電気が流れる魔法陣を思い出して、身体がすくんじゃう。

「この魔法陣は、僕の魔力に反応して起動するようになっているんだ」

「す、すごいですね……これならどこにでも一瞬で行けますね」

「それがそうでもないんだ。事前に魔法陣を出発地点と到着地点に作る必要があるから、いつでも自由に好きな場所に飛べるわけじゃないんだ。って……リリー？　どうかしたのかい？」

「い、いえ……」

小刻みに震える私を見てエル様は不思議そうな顔をした。でも何も言わずにエル様は私の手をギュッと握ってくれた。

私が怖がっているのを察してくれたのかな。

昨日出会ったばかりの時は、エル様に触れられたら怖くて固まっちゃってたのに、今はエル様に触れていると、安心できるな……

「危険はないから大丈夫だよ。あ、ちょっと眩しいから目を閉じておいてね」

「は……はい」

エル様が大丈夫って言ってくれるんだから、大丈夫。そう自分に言い聞かせながら、エル様と一緒に魔法陣に乗る。

すると、それに呼応するように、魔法陣から光が広がる。私はその光に一瞬で包み込まれた。

「はい、もう目を開けていいよ」

数秒も経たずに目を開けるように促される。

ゆっくりと目を開けると、目の前には広大な草原が広がっていた。後ろには、私達がいたらしい森の入口がある。

すごい、本当に一瞬で移動しちゃった！　これがエル様の魔法……！

「ここは僕達がいた森の入口だ。数ある入口の一つだけどね。ここから歩いて町まで行くよ」

「……町の入口に魔法陣は作れないのですか？」

「作れないわけじゃないよ。ただ、いきなり町に転移なんてしたら、そこにいる人がびっくりしちゃうだろう？」

言われてみれば確かにその通りだ。もし私の目の前に突然人が出てきたら、ビックリしすぎて腰を抜かしちゃいそう。

「ここから五分ほど歩けば見えてくるよ。さあ、行こうか」

「はい」

私はエル様の少し後ろをついていくように歩き出したけど、なぜかエル様は微笑みながら、私の隣を歩き始める。

私なんかがエル様の隣を歩いていいのかな？　屋敷にいた人達は、私が隣にいるだけで怒ったから、こうやって誰かの隣を歩くのはなんだか不思議な気分。

でも、こうして誰かと肩を並べて歩くのって、とっても幸せな気分になれるんだね。嬉しくて、自然と足取りも軽くなっちゃう。

「いい天気だね」

「そうですね」

今日は昨日の雨は嘘だったんじゃないかって思えるくらいの晴天。

空気は相変わらず冷たいけど、お日様の日差しが気持ちいいから、それほど気にならない。

「リリー、ちょっとこっちにおいで」

「なんですか？」

町に向かう途中、エル様は少し道を逸れて小さな丘の上で立ち止まると、なんとその場に寝っ転がった。

「え、エル様？　そんなところで寝たら風邪引いちゃいますよ？」

「日差しが暖かいから大丈夫だよ。ほら、リリーもやってごらん。とても気持ちいいから」

「は、はぁ……失礼します」

私はおずおずと、エル様の隣に仰向けで寝転がる。

すると、まるで青い絵の具を一面に塗ったような、雲一つない青空が目に飛び込んできた。

……綺麗。私、こんな風にゆったりした気分で空を眺めたのって初めて。空ってこんなに綺麗で、とても広いんだ。

「どうだい、気持ちいいだろう？」

「はい、とっても……」

「そうだろう。疲れた時にこうして空を見上げるんだ。そうすると、心身共に休まってまた頑張ろうって思えるのさ」

「とても素敵ですね」

実際に体験すると、エル様が寝転がりたくなる気持ちがよくわかる。

私なんか、ずっとこうして過ごしたいくらいだもん。

「そうだ、朝食用のリンゴを持ってきたのを忘れてた。はい、どうぞ」

「ありがとうございます。って……寝ながら食べるんですか？」

「ふふっ、はしたないかい？　でも青空の下でのんびり寝転がりながら食べるリンゴは、なかなか悪くないと思うよ」

そう言いながら、エル様はリンゴをかじる。

そ、そうだよね……誰も見てる人はいないんだし、いい、よね。

一口頬張り、もぐもぐと口を動かす。

「……美味しいです」

「それは良かった」

エル様とのんびりと日向ぼっこをしながら、美味しいリンゴを食べる……これが幸せっていうのかな。

エル様の家をのんびりお掃除して、一緒にご飯を作って、こうして二人でお出かけして。こんな幸せで平穏な日々が、ずっと続けばいいのに。

「リリー、リンゴ食べにくくないかい？」

「え？　どうしてですか……？」

「見てたら、ちょっと食べるのに苦戦してるように見えたからね。ごめんよ、気が回らなくて」

「そんな、エル様はとっても気が回る人です！」

「はは、ありがとう。とりあえず、そのリンゴを貸してごらん」

エル様は私からリンゴを受け取ると、そのまま綺麗な掌の上に乗せる。すると、一瞬で食べやすいサイズに切り分けられた。

「簡単な風の魔法で切り分けてみたよ。はい、どうぞ」

「ありがとうございます。エル様って、いろいろな魔法を使えるんですね……本当に素晴らしいです。今の魔法も、転移魔法も……それに、私を守ってくれた、えっと、雷？　の魔法もすごかったです」

「ありがとう。リリーに褒めてもらえると嬉しいな。実は僕の趣味は魔法の研究と創作でね。その中で会得した魔法なんだ」

「そ、創作……!?　エル様は魔法を作れるんですか!?」

「一応作れるよ。とはいっても、作れた魔法は数える程度だけどね」

エル様は謙遜するように笑っているけど、数なんて関係ない。魔法を作れるって事実がすごい。

私、実はとんでもない人に助けてもらえたのかもしれない。こんな人に出会えただなんて、ずっと不幸だった私にとって、あまりにも幸運すぎるよ。

「その、魔法まで作ることができるエル様って、何者なんですか……？」

「うーん……」

「あっ……ごめんなさい……私ったら、なんて失礼なことを……！」

「全然気にしてないよ。そうだな……魔法が大好きな変人、ってところかな。あははっ」

「そ、そうなんですね……」

まるで話をはぐらかすように、エル様は明るく笑う。

……エル様はいろいろと謎が多い人だ。どうしてあの森に住んでいるのかとか、どうして魔法の研究をしているのかとか……そもそも魔法が作れるほど優秀な人なら、王家直属の魔法使いになれてもおかしくないのに……

気になるけど、だからといってエル様への接し方が変わるわけではない。

出会って間もないけど、私はエル様が信用できる、優しい人だってわかってるから。

「リリーだってすごいじゃないか。僕はリリーを心から尊敬してるよ」

「わ、私を？　私なんてグズで無能で役立たずな人間ですよ？」

「何を言っている。君のように心が美しい人を僕は知らない。愚かな家のために努力し、何をされても決して恨まない君を尊敬して何がいけない？　それに無能云々《うんぬん》を議論するとしても、君には聖女が持つ回復魔法を使える時点で、無能とは程遠いよ」

まっすぐに私を見るエル様。その瞳は真剣そのもので、そしてあまりにも美しい。このまま吸い込まれてしまいそうだ。

私は自分がすごいだなんて、全然信じられない。

でも、エル様に正面から言ってもらえると、そうなんじゃないかって思えるから不思議だね。

「そういうわけだから、あまり自分を卑下しすぎないようにね。さて、リリーが食べ終わったら出発しようか」

「は、はい。すぐに食べますので……！」

「慌てなくても大丈夫。何か予定があるわけじゃないんだから。って、あぁ……そんなリスみたいに頬を膨らませて」

焦って口にたくさん入れたせいで、ほっぺがパンパンになっちゃった。もし誰かにほっぺを押されたら、大変なことになっちゃうかも……

……シャロンならやりそうだなぁ。頬を押された私が噴き出して、それを笑いながら汚いと罵ってくる姿が目に浮かぶよ。

「リリー、悪いことは考えない」

「え？」

「暗い顔だと綺麗な顔がもったいないよ。もっと前向きにならないと。せっかく二人きりの初めてのお出かけなんだから、のんびり楽しく行こうじゃないか」

「わ、わかりました」

エル様の優しい言葉に従おうと、それこそいつも一人の時に食べる速度で食べ始める。

もぐもぐ……甘くて美味しいなぁ……もぐもぐ、もぐもぐ。あれっ？　なんだろう……エル様が、じっと私を見つめている。

昨日もそうだったけど、エル様って私が食べているところを見るのが好きなのかな？　見られて困るものではないけど……ちょっぴり恥ずかしいよ。

「どうかしたのかい？」

「いえ、ずっと見つめられているので……」

「幸せそうな顔がとても素晴らしくてね。それに、君のサファイアのようにキラキラ輝く瞳が、あまりにも綺麗だったから、つい見惚れてたんだ」

「んふっ⁉」

あ、あぶない……危うくリンゴが喉《のど》に詰まりかけたよ。

「もう、急に変なことを言わないでください！」

「変なことじゃないさ。本当のことを言っているにすぎないから。リリーが可愛くて美しいという事実を」

「ふにゃぁぁぁ！　もうやめてぇぇぇぇ！」

エル様の褒め攻撃に耐えきれなくなった私は、顔を手で隠しながら、変な声を上げて抵抗することしかできなくなってしまった。

「ははっ、これ以上はリリーが困ってしまうし、この辺にして出発しようか」

「むぅ……エル様、意地悪です！」

少し膨れっ面の私が先頭に立ってずんずん進むと、白い壁と赤い屋根の建物がたくさん見えてきた。

「あっ……建物がたくさんある」

「そう。あそこが目的地だよ」

私がいたお屋敷に比べれば数段小さいけれど、無駄に広いお屋敷よりも、私は今見ている建物の方が好きかな。

更に進んでいくと、甲冑《かっちゅう》を着て町の警備をしていた人が、私達の元へと歩み寄ってきた。顔は兜《かぶと》を被っていてわからないけど、体格はかなり大きそうだ。

「こんにちは、エルネストさん。ずいぶんとお久しぶりですね」

「こんにちは、レオナールさん。ちょっと今日は彼女の私物を買いに来てね」

「あ……その……あう……」

私はエル様の後ろに隠れてしまった。初めての人は何をしてくるかわからないから、とっても怖い。

「この人はレオナールさん。町の警備を何十年もしている、立派な人なんだ」

「そんな持ち上げないでくださいよ。はじめまして、レオナールだ。こんなイカつい格好だが、君をいじめたりなんてしないから安心してくれ」

「は、はじめまして……リリーです」

ペコっと頭を下げると、レオナールさんも同じようにペコっと会釈してくれた。

挨拶をして、その反応が返ってくるだけでもすごく嬉しいな。屋敷にいた時は、私から挨拶をしないと怒られてたし、挨拶を返してもらえることなんてなかったから。

「せっかく久しぶりに来たんだ。ゆっくりしていってくださいね」

「ありがとう。リリー、行こうか」

「はい」

エル様に連れられて町の中に入っていくと、たくさんの人が行き交っている光景が広がっていた。その中にはエル様を知っている人もいるようで、いろんな人がエル様と挨拶を交わしていた。

一方の私は、人混みが怖くてエル様の背中に隠れて震えることしかできなかった。

「あっ、エルさーん！」

「おや、ディアナ、こんにちは。今日も元気だね」

一緒に歩いていると、とても元気な女の人の声に呼び止められた。腰まで伸びる金の髪を首辺りで縛っていて、宝石みたいに輝く緑色の瞳が特徴的な人だ。

ディアナ様っていうんだ、とても綺麗な人だな……。元気で明るくて、まるで太陽みたいに輝いている。

私もあんなに前向きで明るい子だったら……人生変わってたかな。

はぁ……なんで私は、こんな暗い子になっちゃったんだろう。

「久しぶりにエルさんのお姿が見えたから、飛んできちゃったわ！」

「それはとても光栄だけど、お店は良いのかい？」

「すぐに戻るから大丈夫ー！　あれ、君は見かけない子だね。はじめまして！」

「ひっ……!?」

あ、あわわ。私にも話しかけてくれた。ど、どうしよう……変なことをしたら、怒られてしまうかもしれない。

そ、そうだ。さっきみたいに挨拶をすればいいんだ。そうとわかれば早く……早く挨拶しなきゃ。

「あ、その……えっと……」

だ、駄目だ……怖くて口が回らない。それどころか、上手く話せないせいで、どんどんと後ろ向きな気持ちになっていく。

……どうして私はこんなに駄目な子なんだろう。挨拶をするだけなのに、それすらもできないなんて。

「彼女はリリーって名前だよ。ちょっと訳があってかなり人見知りだから、優しくしてあげてくれると嬉しいな」

「なるほどね！　アタシはディアナ！　お洋服を仕立てるお仕事をしてるの！　よろしくね、リリー！」

「ちなみに、さっき会ったレオナールさんの娘さんなんだよ」

怯える私の手を取ったディアナ様は、握手をしながら腕を上下に激しく振る。

どうしてさっきの人もこの人も、私のことをまっすぐ見てくれるんだろう……すごく不思議だけど、それ以上にとても嬉しい。

あ、あれ？　なんだろう。さっきまで感じていた恐怖が、ちょっぴりなくなったような？

い、今なら挨拶できるかもしれない。頑張れ、私！

「その、えっと……リリーっていいます……よろしくお願いします」

「うん、よろしくね！」

何とかちゃんと挨拶ができて、ホッと一安心だ。挨拶一つするだけでも、酷く疲労感を覚える。

でも、初めての人とちゃんと挨拶ができたという事実は、私に喜びとほんの少しの自信を与えてくれた。

「ディアナ、リリーの服を仕立ててほしいんだけど……今仕事は立て込んでいるかい？」

「ぜーんぜん大丈夫！　ていうか、こんなに可愛い子が、ブカブカの男物のローブを着てるから、どうして可愛い服を着てないの⁉　って小一時間くらい問い詰めるところだったわ！」

「ははっ、それは危なかったね。久しぶりに会った君と話すのもいいけど、それがお説教なのは勘弁してほしいな」

ズキンッ――

「……？」

な、なに……この胸の痛み……？

苦しいっていうか、モヤモヤしてるっていうか……こんな変な感じ、今まで経験したことがない……

「じゃあ、ぱぱっと採寸だけしちゃうね！　エルさん、リリーを借りていくねー！」

「ひゃあ!?　え、エル様……!?」

「彼女は大丈夫、君をいじめたりしないから。僕は店の前で待ってるよ」

私が考えごとをしている間に話は進んでしまったようで、有無も言わさずに近くのお店の中へと連れ込まれてしまった。

お店の中には、見本のお洋服がたくさん飾られていた。動きやすそうな服から、社交界で着るようなドレスまで置いてある。

どれもこれも、綺麗なお洋服……屋敷でシャロンが着ていたのに比べると地味かもしれないけど、私はフリフリのドレスよりも、こういった動きやすくてシンプルな方が好きかな。

まあ、私にはこんな素敵なドレスなんて、一生縁はないだろう。考えたところで悲しくなるから、考えないようにしよう。

「ささっ、採寸するからこっちに来てね！」

「きゃっ……ディアナ様……？」

「ディアナ様⁉　そんな堅苦しくしなくていいよ！」

「で、でも……私……」

「アタシ、堅苦しいのって苦手なんだー」

ディアナ様に背中を押された私は、店の奥に連れていかれてしまった。

うぅ、外でエル様が待ってくれているとはいえ、何されるかわからないって思うと、本当に怖い……

「さーて採寸採寸っと……ふんふふーん。え……？　リリー、あなたって歳はいくつ？」

「その……十五です……ごめんなさい」

「じゅ、十五⁉　それでこの細さって……痩せてるどころか、痩せすぎだよ！　ちゃんとご飯食べてる⁉」

ご飯……屋敷にいた頃は、まともな食事なんて当然していない。それを、正直に言ったら怒られるかな……でも、きっと嘘ついたらもっと怒るよね……正直に話そう。

「あんまり食べていないです……ごめんなさい」

「やっぱり……こんなガリガリな身体、初めて見た……一体どんな生活をしていたの？」

「えっと……いろいろあって……」

私を心配してくれているのか、ディアナ様は眉尻を下げながらじっと私を見つめる。

私なんかを心配してくれるなんて、ディアナ様は優しいな……

エル様もそうだったけど、こんなに優しい人に短期間で出会えるなんて、本当に幸運だ。

……本当のことを言った方が良いのかもしれない。でも、ダラムサル家に迷惑がかかっちゃうし、逆恨みしてきてほかの人に迷惑がかかっちゃうかもしれないから。

ディアナ様、ごめんなさい……正直に言えない、悪い私を許してください。

「謝る必要はないよ！　誰にも話したくないことの一つや二つはあるし！」

「……ごめんなさい……」

「も～、謝らなくていいって！　っと、さっさと採寸しちゃうわね！」

そう言うと、ディアナ様はいろんな道具を使って私の身体のサイズを測り始める。

ちょっぴりくすぐったいし、女性同士とはいえ、素肌を見せるのは恥ずかしい。

「ところでリリー、あなたってエルさんとはどういう関係？」

「あの、えっと……その、なんて言ったらいいか」

「いいよ、ゆっくりで！」

私の顔を覗くディアナ様は、満面の笑みを浮かべてそう言ってくれた。

ゆっくりと言われると、違和感がある。屋敷にいた頃は、怯えて上手く喋れずにいると、誰もが強い口調で急かしてくるからとても怖かったの。

ゆっくり……ゆっくりで良いんだ。私のペースで……ふぅ。落ち着いて、落ち着いて……大丈夫、私ならできる。

「えっと、私が森で倒れていたところを、エル様が拾ってくれて……行くあてがない私を家に置いてくれて……だから、エル様は命の恩人なんです」

「……よくわからないけど、つまりはエルさんと一つ屋根の下に住んでいるってこと？」

ディアナ様の問いに、私は静かに頷くと、ディアナ様はクリッとした大きな瞳を更に丸くさせていた。

「いいなぁ……ゴホン、ってことは、ちゃんとご飯は食べられるようになった？」

「はい」

「そっかそっか！　なら安心だね！　こんな可愛い子がご飯をまともに食べられないなんて、可哀想すぎるもんね！」

「ひゃん……！」

ディアナ様は、ギュッと私を抱きしめると、そのままボサボサの頭を強く撫で始める。

ディアナ様も優しい人だとわかったからなのかな？

こうして触れてもらえると、胸の奥が温かくなる気がする。

なんていうか……幸せって、こういう気持ちをいうのかもしれないね。

「あの、ディアナ様は……どうして私なんかに優しくしてくれるんですか？」

「そりゃこんな細い身体を見たら、優しくしてあげたり、心配するのが普通だって！」

……そうなの？　屋敷にいた時は誰一人として心配してくれなかったから、ちょっと戸惑ってしまう。むしろ、みすぼらしいと笑われ、時には情けない姿を見せるなと叱られてたから……

「よし、採寸おしまい！　服のデザインは希望とかある？」

「……ごめんなさい……そういうの、よくわからなくて」

突然服のデザインと言われても、私は一年中ボロボロな肌着のようなものしか着せてもらえなかったから、全くわからない。

「いいよいいよ！　そうだなぁ……リリーには派手な色よりも落ち着いた色で、露出も少なめで……うん……よし、決まり！　数時間で仕立てちゃうね！」

「そ、そんなに早くできるんですか……？」

「ふふーん、実はアタシって有能なんだぞ？」

お洋服がどれくらいで完成するのか知らない。

でも、数時間でできるのが普通ではないというのは、何となくだけどわかる。

エル様もディアナ様もすごいなぁ……私の無能っぷりが余計に露呈しちゃうよ。

「それじゃ、アタシは早速作業に入るから！　リリーはエルさんの元に戻っていいよ！」

「い、いいんですか？　何かお手伝いやお礼は……」

「あはは、リリーは真面目だね！　こっちはちゃんとお仕事としてやってるから！　でも気持ちは嬉しいよ！　ありがとね！」

　後ろ髪を引かれる思いで、私は店を後にした。

　何かやってもらうのに、何も返さないなんて……不思議な感じだよ。

　屋敷にいた時は、頼んでないことをされてしまって、無理難題なお返しを要求されていたから。

　それに、せっかくエル様以外の人と話せたのに、もうお別れなのはちょっぴり寂しいよ。

「エル様、聞いて聞いて！　この前――」

「うんうん。へえ、そうなんだね！」

　お店の前では、エル様が知らない女性達に囲まれていた。みんな笑顔で、とても楽しそうにおしゃべりをしている。

　エル様って、この町に知り合いが多いんだなぁ……

「……あれ？」

　まただ。どうしてかわからないけど胸が痛い……この痛みは何？

「おかえりリリー。思ったより早かったね」

「は、はい……お待たせしてごめんなさい」

「大丈夫だよ。それじゃみんな、そろそろ僕は行くよ」

「えー、もうちょっといいじゃないですかー！」

「そうですよ！」

「そう言ってくれるのは嬉しいけど、リリーを待たせるわけにはいかないから」

「ちっ……何よ、あの女……」

エル様がそう言うと、女性達は渋々と去っていった。中には、明らかに私を睨みながら去っていく人もいた。

うぅ……せっかく楽しくおしゃべりをしてたのに私のせいで……ごめんなさい。

「あ、良かった、まだいた！」

「ディアナ？　どうかしたのかい？」

「さっき聞きそびれたことがあって！　エルさん、この後はどこに行く予定？」

「リリーの散髪をしてもらった後、生活用品を買いに行く予定だよ」

「それなら予定通りの時間で大丈夫そうかな！　それまでに仕立てておくね！」

「さすが仕事が早いね。よろしく頼んだよ。じゃあリリー、行こうか」

エル様と一緒に歩き出そうとすると、トントンと肩を叩かれるとほぼ同時に、ディアナ様が私の耳元に顔を近づけてきた。

「頑張ってね！」

「え……？」

「それじゃ、また後でね～」

ディアナ様はふふっと微笑みながら、お店の中へと戻っていった。

一体何だったんだろう……何を頑張れば良いんだろう……あ、わかった。エル様にご迷惑をおかけしないようにすることかな？

そうだよね、ただでさえたくさんお世話になってるんだから、なるべくご迷惑にならないようにしなきゃ。

「リリー？　どうかしたのかい？」

「あっ、ごめんなさい……今行きます」

ディアナ様が言ったことに対して、私なりの結論を出す。そして、エル様と一緒に次の目的地へと向かって歩き出すこと数分、私達は別のお店の前に立った。

ここでも何か買い物をするのかな？　でも、何か売ってるような感じはしない。

「カトリーヌ、いるかい？」

「……エルネストじゃない。珍しいわね」

エル様が建物の中にいる人に話しかけると、少し不機嫌そうな雰囲気の女性が出てきた。黒い髪を短く揃えていて、スラッとした美しい身体つきが特徴的だ。

なんか変な表現かもしれないけど……綺麗すぎて、彫像の中に紛れていても、一切違和感がなさそうなくらい美しい人だ。私もこんな美人さんになってみたいなぁ。

「この子の散髪を頼みたいんだ」

「人の散髪を頼みに来るなんて、なおさら珍しいわね……あら、この辺じゃ見かけない子ね」

「ああ、リリーっていうんだ」

三度目の自己紹介の機会。いい加減慣れなさいと言われるかもしれないけど、やっぱり怖くてエル様の後ろに隠れちゃった。

うぅ、ごめんなさい……怖くてエル様の後ろから離れられないんです……

「ちょっと人見知りでね」

「そう。私はカトリーヌよ」

「り、リリーです……よろしくお願いします」

よ、良かった。とりあえずさっきよりは早く名前を言えたよ。きっとエル様やレオナール様、そしてディアナ様と話したおかげだね。

「リリーね。それじゃあ、中に入って」

「エル様……」

「大丈夫。ちょっと見た目が怖いかもだけど、とても優しい人だ」

やっぱりこの人も良い人なんだね。確かにちょっと見た目は美人すぎて怖いけど、エル様が言うなら間違いない。

「エルネスト、誰の見た目が怖いですって？」

「おや、聞こえていたのかい？」

「丸聞こえよ。まったく」

「ははっ、冗談に決まっているだろう？　君がよく怖がられているそのキリッとした目、僕はとても好きだよ」

「はいはい、それはどうも」

ズキンッ――

まただ、また胸が痛い……。これ、多分だけど、エル様がほかの女性とお話をしていると、起こるみたい……

どうしてエル様が女性と話しているのを見るとこんなに胸が痛むの？　屋敷で叩かれた時とは、全く別物の痛みだ。

それどころか、モヤモヤするっていうか……私、もしかして何かの病気なのかな。

「それじゃこっちに来て」

「あ、その……」

「彼女が君の髪をより一層綺麗にしてくれるよ。大丈夫、僕も一緒に中に行くから」

カトリーヌ様は私をお店の中に連れていくと、鏡の前に置かれた大きな椅子に座らせてくれた。

身体には大きな布を巻かれている。

髪を綺麗にしてもらうなんて初めての経験だから、とっても緊張する。

い、痛いこととかされないよね……？

「何か髪型の希望はある？」

「あ、えっと……その……よくわからないです……」

「リリーには僕の家の掃除をお願いしているんだ。だから、少し短めの方がいいかもしれないね」

待合スペースに座っているエル様から、救いの言葉が飛んできた。

エル様の言うことなんだから、間違いはないよね……それに、私もお掃除をするなら短い方が邪魔にならないと思うし。

「こんな少女を連れ込んで掃除させるなんて、ずいぶん悪趣味ね？」

「やれやれ、君は相変わらず毒舌だなぁ」

「え、エル様は悪い人じゃないです！」

自然と出ていた言葉に、私が一番驚いてしまった。

こ、こんな偉そうなことを言っちゃうなんて……早く謝らないと！　えっと、えっと！

「リリー、これは彼女流のコミュニケーションだから大丈夫。僕の悪口じゃないよ」

「こんな純粋な子だとは思ってなかったわ。ごめんなさいね、リリー」

「わ、私こそ偉そうなことを言ってごめんなさい！　なんでもしますから……ごめんなさい、ごめんなさい……」

椅子に座ったまま、私は恐怖で震えながら、何度も何度も謝る。

それが良かったのか、何も罰を与えられなかった。

その代わり、カトリーヌ様がエル様と何かひそひそとお話をしていた。

何のお話だろう……わ、私への罰の相談なんてこと……な、ないよね？

「待たせて悪かったわね。じゃあ、肩辺りまでバッサリ切る？」

「は、はい。なるべく痛くないようにお願いします……」

「大丈夫よ。私はそんなドジは踏まないから」

そう言うと、カトリーヌ様の綺麗な指先が、緑色の光に包まれ始める。

鏡越しだけど、とっても綺麗な光だなぁ……これも魔法なのかな。

「気になる？」

「え？」

「私の手、鏡越しにじっと見ていたから」

「あっ、はい……ごめんなさい」

「別に気にしてないわ。これは我が家に伝わる魔法で、触れた部分の髪を切る魔法なの」

触れた髪を……すごくピンポイントな魔法だ。もしかして、カトリーヌ様のご先祖様が、髪を切るために作った魔法なのかな？

「それじゃ、始めるわね」

「よ、よろしくお願いします」

カトリーヌ様の言葉通り、私の髪はどんどんと切られていく。

すごい、全然痛くないのに、私の髪が短くなっていく。見ててちょっぴり面白いかも。

「リリー、髪の手入れはしてた？」

「え、その……していないです」

「そう……一体どんな生活をすれば、こんなに髪がボロボロになるの……？」

毎日屋敷のために働かされて、ちょっと失敗するだけで酷い罰を与えられて、ご飯をほとんど食べないで、不衛生なところに住んでました……なんて、口が裂けても言えないよ。余計な心配をかけちゃうもん。

「ごめんなさい……」

「大丈夫よ。これからちゃんと手入れをすれば、必ず綺麗な髪に戻る」

綺麗な髪……カトリーヌ様みたいに綺麗になるかな。そうすれば、エル様は喜んでくれるかな？褒めてくれるかな……

そんなことを考えながら、私は鏡越しにカトリーヌ様が髪を切るのをジッと見つめて過ごしていた。ぼんやりしていたら、いつの間にか散髪は終わっていた。

伸びっぱなしで不揃いだった私の髪が見違えるほど綺麗に切られていた。前髪もバッサリと切られているおかげで、視界がとても良くなっている。

これが私なの？　まるで別の人が目の前にいるみたい。

「どう、感想は？」

「……綺麗です。私の髪じゃないみたい……」

「瑞々しさと艶が出るクリームを塗ったからね。でも髪のダメージがなくなったわけじゃない。治すには、髪に水分と栄養をあげないと」

水分と栄養……どうすればいいのかな。ずっと水に浸しておくとか、髪にお野菜を食べさせてあげればいいのかな。でも髪はご飯を食べられないし。

「どうすれば……」

「ちゃんと栄養のあるものを食べること。ちゃんと睡眠を取ること。あと、専用のオイルがあるから、あなたにあげるわ」

「え!?　そんな、申し訳ないです！」

「ただの私のお節介だから、気にしなくていいわ。会計の後にエルネストに渡しておくわね」

「あ、その……ありがとう、ございます」

私は急いで立ち上がると、カトリーヌ様に深々と頭を下げる。

この町の人達はみんな良い人すぎて、私が今まで持っていた他人のイメージというものと全く異っている。普通の人はこんなに優しいのが当たり前なのかな……それともお屋敷の人達が酷かっただけなのかな。

でも、仕方ないよね。だって私は魔法がずっと使えなかった無能なんだから。あっ、今の私は魔法が一個だけ使えるし、お屋敷に帰ったら迎えてくれるのかな……？

そんなわけないか。きっと一個魔法が使える程度で、何を偉そうにって言われるのがオチだよ。

それに、今更ダラムサル家に帰れるはずもないし……

「エルネスト、会計」

「はい、これで足りるかい？」

「ええ、ぴったりね。それとこれ。聞こえてたと思うけど、リリーの髪のオイル」

「ありがとう。やれやれ、ただでさえ心身共に美しいリリーが、これで更に綺麗になると思うと、心が躍るね」

「ふぇっ⁉」

き、綺麗だなんて……私にはもったいなさすぎるよ！　私には綺麗なんて言葉よりも、醜いの方が合ってるよ！

「もうリリーをからかうのはよしなさい。この子、冗談が通じないタイプでしょ」

「おや、羨ましくて憎まれ口を叩いてるのかい？」

「それ以上口を開くなら、その無駄に伸びた髪を、一本残らず切り落とすけど？」

い、一本残らず……そ、そんなの駄目だよ！　エル様の頭がピカピカになっちゃう！

「それは勘弁願いたいな。さて、これ以上はカトリーヌが怒りそうだし、行こうか」

「はい。あの……カトリーヌ様、ありがとうございました」

「どういたしまして。あなたが元の美を取り戻せることを祈ってるわ。何かあったら、いつでも来なさい」

私はもう一度カトリーヌ様にお礼を言ってから、エル様に続いてお店を後にした。

髪が短くなったからか、なんだか頭がずいぶんと軽くなった気がする。

それに、視界が良すぎて逆に落ち着かない。なんていうか、周りの人に、ジロジロ見られてるような気がするの……

「ふふっ……リリー、とてもよく似合っているよ」

「あ、ありがとうございます……」

「照れてる顔も美しくて眩しいね。太陽なんか足元にも及ばないくらいだ」

「あうぅぅぅ……」

褒められすぎて恥ずかしくなってしまった私は、両手で顔を隠しながら、その場でうずくまってしまった。

ど、どうしてエル様は、こんな私なんかをたくさん褒めてくれるんだろう……褒められると顔が熱くなっちゃう。

「はは、ごめんよ。謝るから、そのよく見えるようになった綺麗な顔を隠さないでおくれ」

「う、うぅ～……」

身体の熱さもドキドキも全く取れないまま、私はエル様に従うように立ち上がった。

「ふふっ、照れてる顔はとても愛らしいね。リリーといると、本当に楽しいよ」

「私なんかと一緒にいても、楽しくないですよ」

「僕は楽しいよ。君は楽しくないかい？」

「た、楽しいです！　それに、その……みなさんとても優しい方ばかりで、なんて言うか……心と身体が温かいんです」

「そうなんだね。ふふ、君が少しでも辛かった頃を忘れられたなら幸いだよ」

エル様の笑顔を見ていると胸がドキドキする……さっきの胸の痛みもそうだけど、こんなの初めて。やっぱり私って病気なのかな？

その後、エル様は私を連れていろんなお店を回り、私の日用品やお掃除の道具を買ってくれた。

そのお買い物の途中で出会った町の人は、私のことを歓迎してくれたり、細い身体を見て心配してくれたりして……それが、私には嬉しかった。

ううん、嬉しいもあるけど、幸せな気持ちって言えば良いのかな。

ついこの前まではこんな気持ちになったことなんてなかった。この幸せのおかげで、怖いって思う気持ちがちょっぴり減った気がするよ。

「エル様、いろいろ買っていただけるのは嬉しいんですけど……お金は大丈夫ですか……？」

「うん。たまにこの町に魔法人形を売って稼いでるから、お金は大丈夫だよ」

「私なんかのために、大切なお金を使って良いんですか……？」

「僕が君のために使いたいって思ったんだから、いいんだよ」

優しく微笑むエル様を見つめていたら、また胸がドキドキしてきちゃった……やっと治まったのに……なんで？

「さて、あらかた必要な物も買ったし、服もそろそろできている頃だろう。ディアナの店へ戻ろうか」

「はい」

エル様と一緒にのんびりと歩いてディアナ様のお店に戻ると、満面の笑みのディアナ様が出迎えてくれた。

「おかえりー！　ちょうどできたところだよ！」

「ほ、本当に数時間で作っちゃうなんて……」

「ふふっ、ディアナは若いのに凄腕の職人だからね。その腕と仕事の早さを見込まれて、王都の一流の服屋で働かないかって話が来たくらいさ」

驚いて呟いた私にエル様は満足そうに言った。

「もーエルさんってばー！　褒めても何も出ないよー！」

ディアナ様はエル様の肩をバシバシと叩きながら笑い飛ばす。

私なんかには、それがどれくらいすごいことなのかはわからないけど、きっと誰にも真似できないくらいなんだろうなぁ……

「せっかくだし、奥で着替えておいでよ！　はいこれ服！」

「い、いいんですか……？」

「いいよいいよ！　あっ、お客様が来ちゃった。着方がわからなかったら呼んでね！」

そう言うと、ディアナ様はほかのお客様のところへと向かって足早に去っていった。

わ、渡されたけど……本当に着ちゃって良いんだよね？　後で怒られたりしないよね……？

「大丈夫だから、着替えておいで」

「わ、わかりました。着替えてきます」

「うん、いってらっしゃい。僕はここで待ってるよ」

エル様と離れるのはちょっぴり怖いけど、すぐ近くにいるし大丈夫と自分に言い聞かせながら、私は店の奥の試着室で作ってもらった服に着替えた。

うわぁ……すごい……大きさはピッタリだし、綺麗だし、とても動きやすいし、肌触りもサラサラ……今まで着ていた服が、どれだけ酷かったのかよくわかる。

「こんな素敵な服を着られる日が来るなんて、夢みたい……まさか、本当に全部夢じゃないよね……？」

試しにほっぺをつねってみた。うぅ、力を入れすぎて痛い……けど、痛いってことは夢じゃないよね？

えへへ、嬉しいなぁ。嬉しすぎて、顔がニヤニヤしちゃうよ。こんなに笑ったのはいつぶりだろう？　そもそもエル様と出会った時に久しぶりに笑ったんだった。

あっ、ここでずっと喜んでる場合じゃない。早くエル様のところに戻らないと、また心配をかけちゃう。

「おかえり。うん……とてもよく似合っている」

「あ、ありがとうございます……私なんかが、こんなに綺麗なお洋服を着ていいんでしょうか」

「もちろんだよ。もし仮に、可愛い服を着る人間は美しくなければならないと言うのなら、リリーはその条件を余裕で満たしているくらい美しいよ」

あぅぅぅ……だからどうしてエル様はそんなに褒めてくれるの……？　もうドキドキして、顔が熱くなりすぎて死んじゃいそう……！

「そうだ、僕からリリーに渡すものがあったんだ」

「渡すもの？」

「うん。ちょっと目を瞑ってじっとしていてね」

エル様に言われた通り目を瞑っていると、紙袋を漁っているのか、ガサガサという音が聞こえてくる。それから間もなく、頭を触られる感触を覚えた。

え、エル様……一体何をしているんだろう。エル様のことだから、変なことではないと思うのだけれど。

「はい、いいよ」

「エル様、何をしていたんですか？」

「鏡を見てごらん」

エル様に言われるがままに鏡を見ると、そこには以前の私とはまるで別人と言っても良いくらいに変わった私が映っている。そして、頭にはバラの形をした小さな髪飾りがついていた。

「うん、やっぱりよく似合っている」

「これ、は……？」

「ふふっ、僕からのサプライズプレゼントだよ。僕達の出会いの記念ってやつさ。実はさっきこっそり買っておいたんだ」

「そ、そんな……私、昨日から貰ってばかりで……何もお返しできてないのに、こんな素敵なプレゼントをいただいていいんですか？」

「うん。僕はリリーにプレゼントしたいんだ。受け取ってくれるかい？」

どうしよう……もう嬉しいとか幸せとかを通り越して、自分の感情がぐちゃぐちゃになってる。これをどう表現すればいいのか、私にはわからない。

「ありがとうございます……私、プレゼントなんて貰ったことなくて……嬉しくて……ありがとうございます……」

「喜んでもらえたなら何よりだよ」

「はい……今日いただいたものは、一生大切にします……」

悲しいからではない。嬉しくて涙を流しながら、エル様の手を両手で包み込むようにギュッとしながら答える。

ずっと辛かった。毎日理不尽な理由で暴力を振るわれ、酷い扱いをされ、誰も助けてくれなかった。努力をしても何も報われなくて、ベッドで悲しくて泣いていたのに、今はこんなに幸せな気持ちでいっぱいだ。

こんな風に思わせてくれたエル様には、どれだけ長い時間がかかっても、この恩を返していこうと、私は改めて強く心に誓った。


「何あの女。私達のエル様と仲良くしちゃって……」

「ムカつくよねー。やっちゃうー？」

「大賛成だ!!」

「じゃあわたしがエル様を引き付けるから、あんた達でよろしくね」

＊　＊　＊

お店を回り終えた私達は、町の中心にある広場に設置されたベンチに腰をかけて休憩をしていた。

「その、今日はありがとうございます。私なんかのために、お洋服や散髪だけじゃなくて日用品までたくさん買ってもらっちゃって……」

「当然だろう？　僕はこれから一緒に暮らすリリーのために買ったんだ。だから、私なんかのためになんて思っちゃダメだよ」

どうしてエル様はこんなに私に優しくしてくれるんだろう？　嬉しいけど、私にこんなに良くしてもらう資格なんてあるのかな。

「エル様、ちょっといいですか？」

「ん？　君はさっきの……どうかしたのかい？」

ベンチでのんびりとしていると、一人の女性がエル様に話しかけてきた。ちょっとキツめな雰囲気だけど、とても綺麗な人だ。この町は、美人さん揃いなのかな。

「ちょっとお話があって。一人で来てもらえません？」

「すまない。今、彼女と大切な時間を過ごしているんだ」

「すぐに終わりますから。お願いします」

「……やれやれ、仕方ないね。リリー、すぐに戻るから、ここで待っててておくれ」

「は、はい。わかりました……」

エル様は荷物を持ったまま、女の人の後を追うように去っていってしまった。

唐突に一人ぼっちになってしまった。

こんなのいつものことなのに……今まで感じたことがないくらい寂しくて、涙が零れそうになってしまった。

「エル様……早く帰ってきて……」

一人でいると、周りの視線がとても怖い。もしかしたら誰か私に怒ってくるんじゃないか、叩いてくるんじゃないか。そんなことを考えてしまい、身体が委縮しちゃう。

エル様と一緒だったから、安心できていたのか、この町に来てからそんなことを考えもしなかったのに。

「ちょっと」

「え？」

怯えながら自分の足元に視線を落としていると、突然乱暴に声をかけられた。

ビクンと身体を跳ねさせてから顔を上げる。すると、そこには三人の女性が立っていた。

この人達にも見覚えがある。さっきエル様と楽しげに話していた人達だ……私に一体何のご用があるのかな？

「あんた、エル様と一緒にいた女でしょ？」

「あ……あの……」

「早く答えろよ！　グズグズしてるとムカつくんだよ！」

声をかけてきた中の一人が言葉を荒げながら、地面に足を強く叩きつけた。

それが怖くて、私は身体を縮こませながら震えることしかできなかった。

「それで、どうなの？」

「ひゃ、ひゃい……い、いました……」

「んじゃ、ちょっとうちらと来てくれるー？」

「あの……その……ここを動くなって言われてて……」

「ごちゃごちゃうるさいんだよ！　さっさと来なよ！」

「ひぃ!?」

さっき声を荒げた人が、私の腕を掴んで無理やり立たせると、そのまま歩き出した。

エル様にここにいるようにって言われてるんだから、ここから動いちゃだめ。抵抗しないといけないのはわかっているんだけど……怖くて抵抗できなかった。

「ここなら人がいないわね」

「あ、の……私に何かご用でしょうか……」

連れていかれた先は、薄暗くて人が全然いない裏路地だった。

汚いしジメジメしているし、いるだけで気分が悪くなりそうな場所。

な、なんでこんなところに私を連れてきたの……？　怖い……助けてエル様……

「あんた、なに私達のエル様に色目使ってるの？」

「え、え……？」

「ちょっと優しくされたからって勘違いしてんでしょー？」

「ぽっと出の奴が調子乗って、ムカつくんだよ！　わかったらエル様の周りから消えろよ！」

女性は私の胸ぐらを思い切り掴み、激しい剣幕で怒鳴ってきた。

こ、怖い……身体の震えが止まらない……

わ、私……エル様と一緒にいちゃいけないの？

やっぱり私なんか、あの時に死んじゃえば良かったの……？

「……ご、ごめんなさい……怒らないで……」

「なに言ってるか聞こえないんだけど？　喋るならちゃんと喋ってくれる？」

「ごめんなさい……ごめんなさい……」

「そんな謝罪とか興味ないんですけどー？　うちらが求めてるのは、エル様に金輪際《こんりんざい》近づくなってことなんだけどー？」

「……え、エル様と離れたら……行くところがないんです……」

「あんたの都合なんか知ったことか！　行くところがないならその辺で行き倒れてろ！」

怒鳴り声と共に掴まれていた胸ぐらを勢い良く離される。

地面に叩きつけられた私は、そのまま何回も蹴り飛ばされた。その衝撃で身体に痛みが走る。

痛いし怖いけど、何より悲しかったのが……プレゼントしてもらったお洋服やアクセサリーが汚れてしまったこと。

私なんてどうなってもいいから……エル様にプレゼントしてもらった、大切なお洋服とアクセサリーだけは……

「ご、ごめんなさい……叩かないで……蹴らないで……」

「あんた、謝ることしかできないの？　オドオドしてるし、ちゃんと喋れてないし……見ていてイライラするんだけど。エル様も、こんな女の何が良いのかしら？　もしかして弱みを握られて脅されてるとか？　迷惑もいいところね」

「はぁ⁉　ざっけんじゃねーよ！　ならここで二度とエル様に近づけねーような目に遭わせてやる！」

「いたっ……痛い……ごめんなさい……やめて……お願い……」

やっぱり……私って幸せになっちゃいけないのかな……きっとあの森の中で一人で寂しく死んじゃうのがお似合いなんだ……

それに、エル様は優しいから言わないだけで、きっと私がいたら迷惑に決まってる。

そう思うと、寂しくて……悲しくて……気づいたら涙が溢れてきた。

「これ以上されたくなかったら、二度とエル様に近づかないと約束するのね」

「そうそうー。あ、もしエル様に会って何かあったか聞かれても、何もなかったって言うのよ」

「じゃねえと……わかってるよな？」

「……はい……わかり――」

「そこまでだよ。ちょっとオイタが過ぎるんじゃないかい？」

心が折れてしまった私は、エル様のためにも今後近づかないと誓おうとした瞬間、とても落ち着いた男の人の声が、彼女達を止めてくれた。

この声、もしかして……

「え、エル様!?」

「君達、ずいぶんと楽しそうにしていたけど……リリーに何をしていたんだい？」

「あ、あははー……そのー……お友達になりたいなーって思って……」

「へえ、お友達。その割にはえらく非道なことをしているじゃないか。君達のお友達作りはかなりユニークだね」

「え、エル……さま……」

顔を上げた先には、背筋が凍ってしまいそうなくらい無表情のエル様が立っていた。

「一度だけ忠告する。リリーから離れろ。そして今後リリーに近づくな。もしまたリリーに酷いことをしてみろ。その時は……」

「「ひぃ!?」」

今まで聞いたことのないくらい低い声のエル様に対して、怯えるような声を出した彼女達は、脱《だっ》兎《と》の如く逃げていった。

エル様……また助けてくれたんだ……早くお礼を言わないと……

「エル、様……」

「リリー！　無理して喋らなくていいから！」

エル様に心配をかけないように、私は無理に笑ってみせながら、何とか立ち上がる。

身体中の痛みのせいか、膝が楽しそうに笑っているけど……何とか立てて良かった。ずっと横たわったままだと、エル様に余計に心配をかけちゃう。

「エル様……ありがとう、ございます……でも……どうしてここが……？」

「さっさと話を切り上げて戻ってきたら、リリーがいないから探し回っていたんだ。そうしたら大声が聞こえたから、急いで来たんだ。そんなことよりも、身体は大丈夫かい？」

「大丈夫です……こんなの慣れっこですから……」

こんな痛み、これまで生きてきた中でいくらでも経験してきた。なんならもっと酷い仕打ちも受けてきている。だから……痛いけど、これくらい……

「可哀想に……とにかく無事で良かった。怪我は自分で治せそうかい？」

「ごめんなさい……やり方がわからないです……」

「そうか……そういえば、回復魔法は自分には使えないと聞いたことがある……」

「そ、そうなんですね……あっ」

無理して立ったからか、急に身体から力が抜けた私は、そのまま前に倒れそうになった。けど、地面に激突する前に、エル様が抱き止めてくれた。

でも、その拍子にエル様に貰ったアクセサリーが、地面にぽとりと落ちてしまった。

……ぐすっ……

落ちたアクセサリーを見たら、せっかくプレゼントしてもらったお洋服とアクセサリーを汚してしまったことへの罪悪感が蘇り、再び涙が流れてきた。

「リリー!?　そんなに身体が痛むのかい!?」

「ちがっ……違うんです。せっかく買ってもらったお洋服が、アクセサリーが……汚れちゃいました……私……エル様から貰った好意を仇で返して……ごめんなさい……ごめんなさい。やっぱり私がいたら迷惑ですよね……」

「洋服やアクセサリーは、また新しいものを買えばいい。僕はリリーが無事ならそれでいいんだ。それに、僕はリリーを迷惑だなんて、一度も思ったことはないよ」

「エル様……」

「さあ、僕達の家に帰ろう。疲れただろう？　今はゆっくりおやすみ。そして、元気になったらまた一緒に来よう」

エル様は、まるで私の全てを包み込んでくれるような優しい笑みを浮かべながら、私の頬をそっと撫でてくれた。

私……生きてていいんだ……エル様と一緒にいていいんだ……そう思うと、すごく安心しちゃって……恩を返したいって思って。

この人の隣を歩くために変わりたい。強くなりたいと、初めて思った。

＊　＊　＊　＊

「ふぅ……」

新しい同居人を隣の部屋に寝かしつけてから自室に戻ってきた僕は、大きく溜息を漏らした。

まさか僕が他人と一緒に住む日が来るなんて、思ってもみなかったな……

僕は孤高の魔法使い。誰とも交わらず、今日もここで一日中魔導書を読み漁り、知識を蓄え続ける毎日……なんて、そんな殊勝な生き方はしていない。

僕はとある理由で、故郷から命からがら逃げ出して、さまざまな場所を放浪した。その途中で放置されていたこの家を見つけてからは、ここに住み着いてずっと魔法の研究をしているんだ。

幸いなことに、ここには以前魔法使いが住んでいたのか、読んだことがない魔法の本がたくさんあった。魔法の研究がしたかった僕には、正にうってつけと呼べるような場所だった。

ちなみにだが、僕が研究をするのに何か目的があったわけじゃない。ただ魔法が好きなのと、昔からの習慣でしていただけだ。言ってしまえば、僕はただの魔法馬鹿だ。

食べ物に関してだが、森を探せばいくらでもある。まあそれだけじゃさすがに全ては補えきれないから、魔法人形を売る商売をしてお金を稼いでいた。

魔法人形って結構需要があってね。お手伝い用人形もあれば、ペットとして一緒に生活する人もいる。人形一つをとっても、人によって全然違う使い方をするというのは、何とも面白い。

まあ……そんな変わり映えのしない毎日を、僕はここで何年も過ごしてきた。

その間、魔法漬けの生活は楽しかったけど、心にポッカリと穴が空いたような……そんな虚しい思いがずっと消えなかった。

そんな中、リリーに出会ったというわけだ。

「もしかしたら、僕があの時に死なずに生き残れたのも、魔法の研究をしてきたのも……彼女を救うためだったのかもしれないいな」

……なんてね。さすがにそれは都合良く考えすぎか。そこまで人生は上手くできていない。そんなことを考えてないで、今日も魔法の研究をしないとね。

「……うん……この術式は……明日のリリーの食事はどうするかな」

魔法の術式を組んでいる最中に、ふとリリーの朝食が頭をよぎった。

しまった、リリーの好きなものを聞いておくのを完全に忘れていたよ。とりあえず、果物とスープを美味しそうに食べてたから、同じものを出せば間違いはないはずだ。

でも、二日続けて同じ食事ではつまらないだろう。それに、栄養も偏ってしまう。

話を聞いてる限り、今までまともな食事などさせてもらえていないだろうし、ちゃんと栄養のあるものを食べさせたい。

こんなことなら、普段からちゃんとした食生活をするべきだったね。なるべく多くの時間を研究に費やしたかったから、いつの間にか適当になってしまったんだ。

「って、集中するんだ僕。術式は繊細なもの……適当に行ったら決して成功しないのは、今までの経験でわかってるじゃないか」

術式は正しいものを書かないと、魔法は絶対に成功しない。下手したら、全く想定してもいない魔法が完成し、暴発してしまう危険性だって孕んでいる。

過去に読んだ書物には、術式をほんの少し間違えただけで魔法の生成に失敗し、誤って生まれた大爆発魔法の発動と共に、国が一つ滅んだという記載もあったくらいだ。

「……今日はプレゼントしてあげて、本当に良かったな……あんなことをしたのは初めてだったけど、上手くいって良かった」

だから、どうしてまたリリーのことを考えているんだ僕は。

こんなに集中できないなんて、未熟な証拠だ。集中……集中……！

「ここに別の術式を組み込んだら……確か別の魔導書に書いてあったはず。赤い背表紙だったような……」

赤い本……赤、か……さすがにリリーが着る服にしては派手すぎるな。もう少し落ち着いた色の方が、リリーには似合う気も……はっ。

「……駄目だな、僕は」

さっきから、頭の中にあるのはリリーのことばかりだ。そのせいで術式が適当なものになってしまった。

あ、これはマズイ。完全に失敗した……早く解除しないと。

そう思ったのも束の間。僕の掌の上に生成された小さな水球が、僕の頭に直撃した。

「ゲホッゲホッ……ふぅ、こんな失敗をしたのは久しぶりだな」

や、やれやれ……頭がビショビショになってしまった。

しかし、変な魔法が完成して大惨事にならなくて良かった。それに、水の力はやはり侮れない。

咄嗟に防御魔法を顔に張ったから、ビショビショになる程度ですんだけど……また一つ良い勉強になった。

「駄目だな、今日の僕の心は魔法よりもリリーに向いているようだ」

こんなことは初めてだ……だが、それも仕方がないだろう。

僕はこれまでの人生でさまざまな人間を見てきたが、リリーほど魅力的な人間は見たことがない。

どこが魅力的かって？　見た目？　回復魔法という希少な魔法の才能？　もちろんそのどちらも素晴らしい魅力だが、どちらも違う。

――リリーの魅力は、あの美しい心だ。

彼女の目がそれを象徴している。

それはまるで広大な母なる海。どんな生物も優しく包み込んでくれる愛がそこにある。

そして、僕は彼女に魅了されたんだ。心を奪われたと言い換えてもいい。

虐げられ、否定されてきた人間は、多かれ少なかれ心が曲がってしまう、そう思っていた。実際に、虐げられた結果、心が曲がってしまい、ほかの人間を虐げて、その人間も……という、負のループを見たことがある。

それだけではない。僕の周りにいた人間は己の利益のために行動し、他人などそのための道具としか思っていない人間ばかりだった。

……本当に、今思い出しても吐き気がするような、薄汚い世界だった。でも、それが人間の真理であるのも現実だ。

だが、リリーは虐げられてきた自分の家族を一切否定しなかった。文句一つ言わずに家の仕事をしていた。家のために魔法の勉強をしていた。心が曲がることなどなく、美しい心のままでいてくれた。

それに、リリーが自分よりも、僕を気にしてすぐに出ていくと言ったのも驚きだった。

あんなにやせ細った女性が、武器もなしに広大な森に出ていくなんて、死にに行くようなものだというのは、火を見るより明らかだったからね。

だというのに、リリーは僕のことを気にして、すぐに出ていくと言ったんだ。これに驚かずにいられる人間がいるなら、ぜひこの目で見てみたい。

悪いのはダラムサル家なのに、優しいリリーは、自分が悪いと決めつけてしまう……そんな心が美しくて危なっかしい女性を、放っておくことなんてできるかい？　僕にはできなかったよ。

そして、彼女を幸せにしてあげたいと、心の底から思った。

……故郷を追われたっていう意味で僕とリリーは似ているせいか、自分と重ねてしまっているというのもあるけどね。

そしてなによりも大きかったのが、リリーは僕の魔法を見た後でもそれを利用しようとは考えず、僕という存在と向き合ってくれたことだ。

まあそんなわけで……僕は彼女を守りたいと思い、家に住まわせることにした。

僕自身も、リリーのような人とならなら暮らしても良いと思ってるし、人形も彼女を歓迎しているみたいだから、特に問題ないのさ。

「まだまだ人間も捨てたものじゃないな……さて、研究はここまでにして、今度リリーにプレゼントする物を考えるかな。そうと決まれば早速調べなくては。よっと……！」

僕は本棚から、大きな書物を取り出した。タイトルは、『女性と親密になれる百の方法』と書かれている。ここに、確かプレゼント関連の指南が書いてあるはずだ。

「前に住んでいた人が残したこの本……こんなのは、一生読む機会はないと思ってたんだけどね」

恥ずかしながら、僕は女性と交流することに慣れていない。今でも普通に話せるけど、何かあった時のために、こうしてスキルを磨いておいて損はないだろう？

本を読もうとしたら、人形がズボンの裾を軽く引っ張った。

「え、もう休んだ方がいいって？　そうなんだけど、リリーのために知識を蓄えておきたくてね。もう少し待っててくれないか？」

僕の言葉が気に入らなかったのか、人形は僕をポカポカと叩いてきた。

やれやれ、ずいぶんと心配性な人形だ。一体誰に似たのやら。

「僕を早く寝かせるために手伝うって？　それはありがたいけど、君にできるかい？」

人形は任せて、と言うように首を大きく縦に振った。

「ははっ、そこまで言うなら一緒にやろうか。僕としては、まず――」

僕は人形を机の上に載せると、外が明るくなり始めるまで、一緒にプランを練るのだった――

第二章　心穏やかな日々と聖女の力

エル様と初めて町に行った日から数日後、私は今日もお掃除をしていた。

今日は、お家の前の掃き掃除。掃いても掃いても、どこからか落ち葉が飛んできちゃうけど、確実にやる前よりかは減ってる……と思う。

「……はぁ」

掃き掃除をしながら、私は大きな溜息を吐いた。

べ、別に掃き掃除が嫌ってわけじゃないよ？　むしろ、やっていることは屋敷にいる時と変わらないのに、毎日がとっても幸せだもん。

溜息の理由なんだけど……ちょっと考えごとをしてて……

町に行った日に、エル様の隣に立つために強くなる、変わるって誓ったのは良かったんだけど、その方法がまだ思いつかないの……

どうすれば変われるんだろう？　強くなれるんだろう？　身体を鍛えるとか、魔法の腕を磨くとか？　そういうことを考えてたら、自然と溜息が出ちゃった。

「魔法は才能がないからどうしようもないけど……身体を鍛えたら変わるかな？」

誰に言うわけでもなく、ボソッと呟きながら、私は手に持っていたホウキを振り下ろしてみた。

「あ、なんかそれっぽいかも……えいっ！　えいっ！　あっ……」

調子に乗ってブンブンと振り回していたら、するりとホウキが私の手から逃げていった。そのホウキが宙を舞って……私の顔に直撃した。しかもよりによって硬い柄の部分が。

「うぅ……い、痛い……こんなドジしてるようじゃ、変わることも強くなることもできない……」

私って、なんでこんなに駄目なんだろう……これじゃ、エル様に迷惑をかけ続けて、いつか愛想を尽かされちゃうよ。

ううん、愛想を尽かされるのは別にいい。だって、それは私がグズでノロマで駄目な無能人間のせいだから。

それよりも、私なんかに優しくしてくれるエル様に迷惑をかけてしまう方が、ずっと辛い。

「リリー、朝ご飯の準備ができたよ――って、おでこが赤いけど、どうかしたのかい？」

「いえ、なんでもないです……ありがとうございます、エル様」

「僕はほとんど何もしてないよ。お礼はこっちに言ってあげてほしいな」

そう言いながら、エル様は掌の上に乗ったお人形さんを見せてくれた。

お人形さんは、えっへんと言いたいのか、大きく胸を張っていてとても可愛い。

「今日はパンとサラダを用意したと言っているよ。楽しみだね、リリー」

「はい。お野菜なんてほとんど食べさせてもらったことがないから……嬉しいです」

私が屋敷にいた頃の主食は、カチカチのパンとか、具がほとんど入っていないスープとかだったから、生のお野菜をちゃんと食べられるなんて、すごい贅沢だ。

「そうか……たくさん食べるんだよ」

エル様は静かに微笑む。お人形さんもうんうんと頷く。

「人形も、いっぱい食べてって言ってるよ」

「お二人共、ありがとうございます」

私は幸せを感じながらお家の中に入ると、エル様と一緒にとりとめもない会話をしながら、朝食を食べた。

何の変哲もないパンとサラダだったけど、それが私にとっては何物にも代えがたいご馳走だったよ。

お人形さんがエル様の方を見た。

「え、もうパンがないって？　それなら買いに行かないとだね」

「買い物……」

買い物か……私みたいな引っ込み思案の人間は、買い物一つするのも大変そうだ。

あ、そうだ。いきなりすごいことなんてしなくていいんだ。

まずは少しずつ……普通に話せるようになるところから、自分を変えていこう。そのために、一人で買い物に行ってみよう。

そうと決めたらすぐに動かないと。何かあったらどうしよう……って思っちゃうのが目に見えているもんね。

「エル様、私がお買い物に行ってきます」

「え、一人でかい？」

「そうです。行き方はわかってるので、エル様に転移魔法を使っていただければ……」

「それは構わないけど……大丈夫かい？　あの町の人間は、基本的に良い人ばかりだけど、以前絡んできたような連中も少なからずいるよ」

この前の人達……うっ、考えたら怖くなってきた。

でも、ここで逃げてたら、私は絶対に変われない。

「怖いですけど……行きたいんです。私……エル様のために変わりたいんです。だから、まずは緊張せずに、普通に話せるようになりたくて……駄目、ですか？」

震えながらも、エル様をジッと見つめると、エル様は観念したのか、目を閉じながら浅く息を漏らしていた。

「ちゃんと暗くなる前に帰ってくること。危険な真似はしないこと。そして、この前僕と交わした約束を守ること。それが守れるならいいよ」

「っ！　は、はい！　それじゃすぐに支度します！」

私は、お掃除をする時に来ている作業着を脱ぐと、エル様に買ってもらった服に袖を通した。

相変わらずこの服は可愛いし、動きやすさも肌触りも完璧。あ、それと……アクセサリーもつけないと……これでよしっと。

「うん、その服の君は何度見ても美しい、まさに女神だ」

「そ、そんな恥ずかしいこと言わないでくださいよ……」

いつもそうだけど、突然褒められると、顔が熱くなって胸がドキドキしちゃう。しかも、回数を重ねる毎に酷くなってる気がする。

「人形が買ってきてもらいたい物のリストと、簡単な地図を描いてくれたから持っていくといい。それと、気をつけてねとも言っている」

「お人形さん、ありがとう。お礼っていうのも変だけど、今度一緒に遊ぼうね」

お人形さんは小躍りをして、喜びを爆発させている。

そんなに嬉しかったのかな……えへへ、良かった。

「人形を見てたら、踊りたくなってきてしまった。僕と踊ってくれないかい？」

「ええ!?　それは……あの、嫌ってわけじゃ……でも……あううう」

「はは、ごめんよ、困らせちゃって。いつか余裕ができたら、一緒に踊ってくれないかい？」

「……はい。あなたの隣に立てるほどの女性になった時は、ぜひ」

エル様とダンス。舞台はお城の舞踏会で、二人っきり……

私はとびっきりおしゃれして、エル様もタキシードをバッチリ着こなして踊る……そんな妄想だけで、幸せな気分になれる。

あ、早く出発しないと！

お人形さんが用意してくれた紙は持った、お金も持った、買った物を入れる袋も持った……うん、完璧。

「それじゃ、気をつけて行くんだよ。転移魔法は起動させておいたから、行きも帰りも魔法陣に乗れば帰ってこられるからね」

「ありがとうございます。それじゃ行ってきます」

エル様とお人形さんと別れた私は、魔法陣の光に包まれた。

うぅ、一度行ったことのある場所だし、知ってる人もいるとわかっていても、やっぱり一人は不安で泣きそうになる。

でも、これも私が変わるための第一歩だ。

頑張れ私……きっと大丈夫……大丈夫……！

＊　＊　＊

「あ、見えてきた……」

以前来た時と同じ道を歩いていると、あの綺麗な町並みが私を出迎えてくれた。

えっと、とりあえず……まずはメモの確認をしよう。パンとミルクと……あと石鹸に……

「こんにちは」

「ひぃっ⁉」

メモをじっと見ながら歩いていると、男の人に呼び止められた。

それに驚いてしまった私は、思わずその場で飛び上がってしまった。

「確かリリーだったかな？　今日は一人で来たのかね？」

「あ、あぅ……その、あの……」

そこにいたのは、全身を鎧で包まれた男の人だった。

確か……レオナール様？

そ、そっか……私、いつの間にか町の入口まで来てたんだ。

「ふぅむ、これでは怯えてしまうのも無理はないか。ちょっと待っててくれ」

そう言うと、レオナール様は頭に被っていた鉄兜を外した。そこには、立派な口ひげを蓄えた、とてもカッコイイ男の人の笑顔があった。

……鉄仮面よりも、こうして相手が怒ってないって目で見てわかる方が、まだ緊張しない。レオナール様には感謝だね。

「ほら、俺はいじめたりしないから、ゆっくり話してごらん？」

「……あ、ありがとうございます……えっと、今日はエル様のお使いで来ました……ごめんなさい……」

「そうか、それは偉いな！　謝る必要などない。君はとても立派だ！　そうだ、偉いリリーにはこれをあげよう」

レオナール様は私の前で両手を重ねると、すぐに開いて掌を見せてくれた。すると、そこには小さな飴玉が一つだけあった。

「え、今何もなかったのに……も、もしかして魔法？」

「ああ、君を驚かせて笑顔にする魔法……なんて、冗談だ。俺は魔法が使えなくてね。今のはちょっとした技みたいなものだ。異国の地では、このようなものを手品というらしい」

「テジナ……？　よ、よくわからないですけど……レオナール様はすごいんですね……」

「なに、昔娘に喜んでもらいたくて、こっそり練習したことがあるだけだ。それよりも食べると良い。甘くて美味しいから」

私はレオナール様から飴玉を一つ受け取ると、それを口に入れた。

これは……えっと、何の味だろう？　甘くて美味しいけど……食べたことがない。

「どうした、そんな不思議そうな顔をして」

「これは何の味ですか……？」

「イチゴだが。もしかして口に合わなかったか？」

「い、いえ！　とても美味しいです！」

こ、これがイチゴ……シャロンが好きでよく食べているのを見たけど、食べたのは初めて。甘くてほっぺたが落ちちゃいそう！

ど、どうしよう。早く食べきりたいけど、長い時間味わってもいたい……

こんな贅沢な悩みができるなんて！

「そんなに喜んでくれるとは思ってなかったな。こんなので良ければ、まだあるから持っていくといい」

「わ、わわっ……！」

「右からメロン、ブドウ、オレンジだ。好きな順に食べるといい」

レオナール様から追加で飴玉を三つ貰った私は、嬉しすぎて飴から目を離せなかった。

すごい、まるで宝の山だ。甘いものになんて縁がなかった私が、こんな贅沢してもいいの……!?

って、喜んでる場合じゃなかった。早くお使いをしないと！

「あ、ありがとうございます！　えと、お使いをしないといけないので、ごめんなさい……」

「そうだったな。気をつけて行っておいで」

「は、はいっ。ではまた……飴玉のお礼はまた後日に」

「気にしなくてもいいんだがなぁ」

レオナール様に大きく頭を下げると、私は目的の物を買いに歩き出す。

ふぅ……まだ全然上手くはないけど、一人ぼっちでも少しは喋れた……！

これは一歩前進、だよね？

「み、見ててヒヤヒヤする……けど、あのリリーが頑張ってるのを見ると……なんていうか、胸に込み上げてくるものがあるね……感慨に浸ってないで追いかけろ？　わかってるって。そんなに急かさなくても大丈夫だから」

＊　＊　＊

「はいよ、エルネストの好きなパン！」

「あの、あっ……ありがとうございます」

一通り買い物を終え、最後にパン屋さんにやってきた私は、とても豪快そうな店主のおばさんから、パンが入った袋を受け取った。

な、何とか全部買えた……途中で迷子になりかけたり、上手く喋れなくて泣いちゃいそうになったけど……私、やり遂げられたんだ！

「あ、あれ……？　袋が多いような……？」

「ああ、それはオマケだよ！　お嬢ちゃん、さっきジッとこいつを見てただろう？」

「ふぇっ!?」

確かに私は、お店に並べられていたパンをジッと眺めていた。特に、シュガートーストがすごく美味しそうだったから、何度もそれを見てしまった。

「アタシもエルネストには世話になっててねぇ！　ぜひ二人で食べて感想を聞かせておくれ！」

「あ、ありがとうございます……！」

パンがたくさん入った袋を抱えながら、私は上機嫌でパン屋さんを後にした。

えへへ、パンのとってても甘いいい匂いがする。すぐにかぶりつきたいけど、グッと我慢しなきゃ。歩いたまま食べるなんて、お行儀が良くないもんね。

「飴を貰って、パンもおまけしてもらって……今日は良い日だなぁ。ううん、エル様に出会ってから毎日が良い日だ」

こんなに一度に幸せなことがあって良いのかな？　もちろん嬉しいけど、後で何か反動が来ないか、ちょっと不安になっちゃう。

「あれ？　おーい、リリー！」

「え……？　あっ……」

聞き覚えのある女性の声に反応して立ち止まると、近くにあった、噴水がある広場のベンチに座るディアナ様とカトリーヌ様がいた。

「こ、こんにちは……」

「こんにちは、リリー」

「やっほー！　あれ、エルさんは？」

「その……」

大丈夫、大丈夫……さっきレオナール様に伝えたように言えばいいんだ。

頑張れ、私。

「きょ……今日は一人でお使い……なんです」

「あ、そうだったんだね！」

「もうお使いは終わったのかしら？」

「は、はい」

「それならちょっとお喋りしない？　アタシ、リリーともっと仲良くなりたいんだー！」

そう言いながら、ディアナ様は私の傍にやってくると、背中を押してベンチに座らせてくれた。

噴水の近くだからか、ちょっと寒いけど、嫌な寒さじゃない。なんていうか、身が引き締まる寒さっていうのかな……？

私が知ってるのは、真冬に噴水の中に落とされて、そのままの状態でいさせられる寒さ。身体の感覚はなくなってくるし、凍傷になるし……思い出しただけでも辛い。

ううん、考えちゃ駄目だよ、私。エル様のためにも変わるんだもん。

まずは知り合いの二人とお喋りをして、話すことに慣れないと……！

「アタシ、リリーに聞きたいことがあるの！」

「……？」

「リリーって好きな食べ物なに？」

「好きな食べ物は……その……」

「好きな動物は？　色は？」

「え、ええ？」

「好きな服のデザインは？　将来の夢は？」

「あっ……はにょ……あ、あふぅ……」

ディアナ様の怒涛の質問攻めに対応しきれない私は、目をグルグルにさせながら、変な声を出すほかなかった。

「好きな本は？　好きな男性のタイプは？　好きな——ふべっ!?　カトリーヌさん、何でいきなり叩くの!?」

「リリーの状況を見なさい」

「あ、頭から煙が出てる!?　もしかして熱が出たとか!?　早く頭を冷やさないと！　でもアタシ、そんな魔法使えないよ！」

「私も無理ね。なら、できそうな人間に頼みましょう」

「ふげぇ!?」

混乱して頭がグルグルになっている中、何か変な生き物の声が聞こえてきた。

声のする方を見ると……何と、カトリーヌ様が、何もない空間を鷲掴みにしていた。

「覗き見だなんて、良い趣味してるわね。姿を見せなさい」

「………」

「そう。そういう態度を取るなら考えがあるわ。今日からリリーは私の家で面倒を見るわ」

「それは駄目だ！　リリーは僕が面倒を見る!!」

何もなかったところから、突然エル様が飛び出した。

その肩には、お人形さんも乗っていて、私に小さく手を振っている。

「エル様、どうして……？」

「あー……ちょっと散歩かな？」

「そ、そうなんですね。お散歩いいですよね」

いきなり現われたエル様にびっくりしたけど、お散歩ならここにいても不思議じゃない。

でもカトリーヌ様は呆れた様子だ。

「いや、なに平和な会話をしてるの。ちゃんと説明しなさいよ。大方、リリーが心配でこっそりついてきたのでしょう？　透明化でも使ったのかしら」

「ああ、正解だよ。まさか透明化が見破られるなんてね。君にもこんな素晴らしい魔法の素質があるなんて、知らなかったよ」

「魔法じゃないわ。女の勘ってやつよ」

お、女の勘……なんかカッコイイ響き。私も、もっと大人になったら、カトリーヌ様みたいな素敵な女性になれるかな？

「すまないリリー。一人で行きたいというリリーの気持ちを尊重したかったが、やっぱり心配でついてきてしまった。見つからなければ大丈夫だと思ってたんだが……」

「いいんです。一人でも知り合いの方とお話できたのは……事実ですから。それに、やっぱり一緒の方が……嬉しいです」

私が不器用な笑みを浮かべながら言うと、なぜかエル様は顔を赤くし、困ったように笑っていた。

「ふーん……？」

「へ～ほ～、なるほどねぇ。カトリーヌさん、これはあれだね」

「ええ、そうね」

ディアナ様とカトリーヌ様は顔を見合わせて頷いている。

「君達、何をこそこそと話しているんだい？」

「別に気にしなくていいわ」

「そうそう！」

楽しそうに笑う二人。一方の私とエル様は、よくわからずに首を傾げることしかできなかった。

よくわからないけど、エル様が二人と仲良しな感じがするから、それでいいかな……えへへ。

「さて、アタシはそろそろ帰ろっかな～」

「私も帰るわ。店に戻ってしなくちゃいけないことがあったのを忘れてたわ」

「そうか。せっかくだし四人でおしゃべりできればと思ったんだけど、残念だよ」

「そういうところよ、エルネスト」

「これは先が思いやられるな～」

カトリーヌ様は人差し指をエル様に向け、ディアナ様は首を左右に振る。

「あの……何のお話ですか……？」

「リリーは気にしなくても大丈夫だよ！　それじゃ、またね～」

結局何のお話かわからないまま、ディアナ様とカトリーヌ様は、私達の前から去っていった。

二人は悪い人じゃないとわかっていても、内緒話っていうのは苦手。屋敷にいた頃、私の悪口をヒソヒソ話してる使用人達の姿が、悪い意味で印象に残ってるから……

「やれやれ、二人には困ったものだ。さて、今日は素直に家に帰るとしようか」

「はい、わかりました」

本当はエル様と町をお散歩したかったけど、ワガママを言っちゃ駄目だよね。我慢しなきゃ……

「荷物、持つよ」

「い、いえ。これは私が……」

「女性に重い物を持たせるなんて、僕のポリシーに反するからね」

私が頼まれたお使いだし、エル様の手を煩わせたくなかった。

でも、エル様の提案を無下にすることもできなかった私は、素直に荷物をエル様に手渡した。

「おっと、思った以上に重いな。これをその華奢な腕で持っていたなんて、リリーは偉いね」

「そんな、これくらい誉められるようなことじゃ……私が頼まれたお使いですし……」

確かにちょっと……ううん、かなり重かったけど、頼まれたことなんだから、ちゃんとやり遂げないとって思って頑張ったんだ。

「なっ!? お、お前は何を言っているんだ!?」

「ど、どうしたんですか？」

「いや、なんでもないよ。あはは……」

エル様は焦ったように笑う。

「いたっ!? わ、わかった！ ちゃんと言うから！」

エル様の肩に乗っかっていたお人形さんは、何か不満だったのか、エル様の首をポコポコ叩いたり、ジャンプして暴れていた。

見てるだけだと可愛い光景だけど、結構痛そうにしてる……もしかして、お人形さんって意外に力持ちなのかなぁ。

「お人形さんは、なんて言ってたんですか？」

「こうして二人並んで買い物から帰ってると、まるで夫婦みたいだって言っててね」

「夫婦……ふーふ……」

言われたことが咄嗟に理解できなくて、復唱しながらフリーズして数秒。

意味を理解した私は、全身が一気に熱を帯びた感覚を覚えた。

「わ、私がエル様と夫婦だなんて、恐れ多すぎます！　私なんかよりも、きっと素晴らしい女性が現れますから！」

「そいつは聞き捨てならないね。リリーだって素敵な女性だ」

「あ、あぅぅぅぅ……！」

そ、そう言ってくれるのは嬉しいけど、そんなに褒められるとドキドキしちゃう……でも、もっと褒めてもらいたいって思ってる自分がいるのも確かだし……う、うぅっ……！

「ふふっ、リリーはいろいろな顔を見せてくれるから、一緒にいてとても楽しいよ。しかも、その全てが美しくて愛らしい」

「あ、あんまりからかわないでくださいっ……！」

「全部本心なんだけどね。いつか君が成長して、僕の言葉を素直に受け取ってくれる日が来るのを、今から楽しみにしておくよ」

成長――そうだよね。私はエル様のために、変わりたい。

もっと明るくなって、一人でできることを増やして、回復魔法ももっと上手になって……

そしていつか、誰が見ても夫婦みたいって思われるくらい、エル様の隣に立っても恥ずかしくないようになりたい。それが、今の私の夢……だから！

……私ってば、なんでエル様と夫婦に見られたいって思ってるの⁉　いくら成長したとしても、私よりも相応しい人がエル様には絶対いるはずだから！

でも、エル様がほかの女性と結婚して一緒に生活するって想像するだけで、なぜかすごく心が痛んで、涙が出そうになる……

この気持ち、なんなの……？

＊　＊　＊

「着替えよし、寝癖よし、髪飾りよし……」

エル様と出会ってから二年とちょっとの月日が経った、十七歳のある日——私はいつものように自分の部屋で身支度を整えていた。

「変なところはないかな……うん、大丈夫そうだね」

私は鏡の前で何度も自分の姿を確認する。寝癖はないし、ヨダレの跡もない。服の乱れもないし、髪飾りも曲がってない。笑顔は……多分できている。うん。

——エル様と出会ってから今日まで、私はエル様やお人形さんと一緒にお家の掃除、洗濯、料理をして過ごしている。

ほかには、森に果物を採りに行ったり、町に買い出しに行ったりしている。町の人ともとても仲良しになったんだ。

……え、仕事は掃除だけだったじゃないかって？

実は、エル様のために洗濯や料理も勉強して、できるようになったんだ。

「さあ、エル様を起こしに行かなきゃ」

私が自室を出ると、すでに掃除やご飯を作ってくれている、三体のお人形さんが目に入った。

大人と大差ないくらいの大きさがあるこのお人形さん達は、私がここに住み始めて間もなく、エル様が家事専用として作ったものだ。

さっき偉そうに洗濯も料理も——なんて言っちゃった手前、こんなことを言うのはあれだけど……この子達がいろいろしてくれるおかげで、正直私のお仕事はあまりない。

エル様も苦手なはずなのに、率先して家事をしてくれるのでなおさらだ。

元々はお家のことをするって条件で住まわせてもらっているのに、これでは無償でここに住まわせてもらっているに等しい。

だから、私がエル様に思っていたことを伝えると、

『君が今まで辛かった分、ここで幸せに暮らせるために作ったから、気にする必要ないよ』

……ということらしい。そう言ってくれるのはすごく嬉しいけど、それではあまりにも申し訳ないので、せめてお人形さん達と一緒にお仕事をするために、毎日早起きをしている。

ちなみに、今まではどうして家事をするお人形さんを作らなかったのかも聞いたんだけど、一人の生活では必要なかっただけという、至極単純な理由が返ってきた。

気にしなくていいって言うけど、そんなの駄目だって言った時のエル様の困ったような笑顔は、鮮明に頭に残っているよ。

「エル様を起こしてくるね。終わったら私もやるから。エル様ー、起きてますかー？」

お人形さん達に声をかけてから、エル様の部屋の扉をノックする……が、何も返ってこない。

うーん、反応がないってことはまだ寝てるのかな？　きっと昨日も夜更かしをしていたに違いない。夜中にずっとブツブツ喋ってる声が聞こえてたからね。

「エル様ー？　入りますよー？」

声をかけても返事なしってことは、やっぱりまだ寝ているみたいだね。

気持ち良く寝ているのを起こすのは忍びないけど、放っておくとお昼まで寝ちゃうからなぁ……。

そんな生活をしていたら、生活のリズムが狂っちゃう。

ただでさえ魔法の研究をしてると時間を忘れる人だから、私が気をつけてあげないと。

「やっぱりまだ寝てる……ほらエル様、朝ですよー」

「……………」

ベッドの上で丸くなっているエル様を強めに揺らしてみるが、一向に起きる気配はない。

それどころか、何かいい夢を見ているのか、ヨダレを垂らしながらちょっとだらしない笑みを浮かべている。

――いつも落ち着いていて、物腰が柔らかいエル様とのギャップがすごい。これも一緒に住んでいる私だけが見られる特権だ。

「ちょっとだけ見てても怒られないかな……」

すー……むにゅ……

「いつも大人っぽいエル様も、寝ていると可愛いなぁ」

エル様の枕元の近くまで来た私は、試しにほっぺを軽く指でプニッとしてみるが、起きる気配は全然なかった。

「ふふっ……ふひひっ……この魔法は素晴らしい……むにゃ……」

「もう、夢の中でまで魔法を研究しているんですか？」

再びプニッとする。起きる気配なし。三度目のプニッ。やっぱり起きない。

「これ、思ったより楽しいかも。しかも寝顔が見られるし……じゃなくて！　私ったら何してるの？　ほら、起きてくださーい！」

「んぅ……リリー……？」

「はい、リリーです。朝なので起きてください」

エル様の身体をユサユサと揺らすと、やっとエル様は目を開けてくれた。でも、まだ寝ぼけているのか、目がちょっとだけ虚ろだ。

「まだ……眠い……あと十……」

「十分ですか？」

「十万年……」

「桁がおかしいですよ！　起きてくだ――きゃあ！」

もう一度揺らしながら声をかけてみると、エル様は私の手を引っ張ってベッドの上に寝かせると、私をギュッと抱きしめてきた。

「ひゃう……あ、あぅぅぅ……」

「むふふ……ぐー……ぐー……」

ああ、どうしようどうしよう。エル様に抱きしめられてる。エル様の熱が気持ちいい。身体全体を包まれていて、すごく安心する。

でも、それ以上に……エル様の顔が間近にあって、ドキドキが止まらないよ！　少しでも動いたらぶつかっちゃいそう！

「エル様、起きてください！　あと離してください！」

「んー……だい、じょうぶ……」

「あっ……」

少し控えめにエル様の腕をペシペシと叩くと、それに呼応するように私の頭を撫でてくれた。

それは、私と出会った時と変わらない、とても優しい撫で方だった。

「リリー……怖いのかい……大丈夫……」

「エル、様……」

もしかして、夢の中の私が昔のように怯えているのだろうか？

夢の中でも、エル様は私を守ってくれているんだ。

嬉しくて心がポカポカしているし、抱きしめられているおかげで身体もポカポカだし……もうこのままずっとくっついていても……

って、そんなはしたないことをしていいわけがない！

エル様ー！　早く起きてー！

「……あれ、リリー……？」

「や、やっと起きましたね。顔洗ってきてください」

「んー……」

寝ぼけ眼《まなこ》を擦りながら、私から離れて立ち上がってくれたエル様は、顔を洗うために部屋を後にした。

「……まだ寝ぼけてるなぁ。フラフラしていたし……お人形さん、エル様についててくれる？　私は朝ご飯の準備をするから」

テーブルの上に座っていた小さなお人形さんにエル様を任せた私は、大きく溜息を吐いた。

あーまだドキドキしてるよ……まさかエル様に抱きしめられた上に、あんなに至近距離で顔を見るなんて。ドキドキしすぎて気絶しちゃうかと思ったよ……

結局、このドキドキの正体はわからずにいる。前は褒めてもらった時とか、笑っているエル様を見るとドキドキしてたけど、今はそれに加えて、ほんの少し触れるだけでもものすごくドキドキしちゃう。

このドキドキの正体を知りたいと思った私は、今ではとても仲の良いお友達になれたディアナに、お茶をした時に聞いたんだけど……

『それは自分で気づくべきだよ！　アタシから言えることがあるとするなら……それは病気じゃなくて、とっても素敵なものだよってことね！』

と、よくわからない回答が返ってきた。

その意味は、まだわからないけど……少なくとも、私はこのドキドキが嫌いじゃないから、このままでいいかなって思ってる。

「と、とにかくお人形さん達のところに行かなきゃ」

気を取り直してキッチンに移動した私は、お人形さん達と一緒に慣れた手つきで朝ご飯の準備を進めた。そこへ顔を洗い終えたエル様がやってきた。

顔がすっきりしてるし、ちゃんと目が覚めたみたい。やっといつもの優しくてカッコイイエル様になったよ。

あっ……わ、私ったらカッコイイだなんて……なにを思っちゃってるの⁉

「おはようリリー。すまない、完全に寝すごしてしまった」

「い、いえ！　大丈夫ですよ！」

「何か焦ってないかい？」

「なんでもないですよー！」

まさか、脳内でエル様がカッコイイー！　って思ってました……なんて、言えるわけないよ！

エル様のことだから、きっと嫌な顔なんてせず、私のことを褒めまくるキッカケにしてくるはず。

そうなったら……私はまたドキドキで死にかけてしまう。下手したら死んじゃう。それくらい、エル様の褒め攻撃はすごいんだよ。

「ふぁ～……駄目だ。目が覚めたつもりだったけど、まだ眠いや」

見ての通り、エル様はかなり朝に弱い。ほかにもお酒にすごく弱かったり、集中して綺麗に書こうとしないと酷く字が汚くなってしまったり、料理が下手だったり、ワンちゃんが異常に苦手だったり……言ってしまうと、魔法以外は欠点だらけだ。

でも、そういうギャップも可愛いっていうか、人間味があって良いと思うんだ。完璧な人だと、何か近寄りがたいっていうか……妹のシャロンとか、完璧すぎて近寄りがたかったもん。

「あっ、もうすぐ朝ご飯ができますよ」

「本当にごめんよ。何か僕にやれることはないかい？」

「ありがとうございます。じゃあ、みんなで料理を並べましょう」

エル様やお人形さん達と一緒に料理を並べ終えると、揃って「いただきます」と言ってから食べ始める。今日の献立は、パンと目玉焼きと野菜たっぷりスープだ。

私がいたダラムサル家の食事と比べたら、こんなの食事とは言えないって言われるかもしれないけど、私はこの食事が大好き。心もお腹も満たされるの。

「今日も美味しいよ。リリーみたいな、美しくて家庭的で素敵な女性にご飯を用意してもらえるなんて、僕は幸せ者だなぁ」

唐突なエル様のお褒めの言葉に、私は思わず食べていたパンを喉に詰まらせそうになってしまった。

「お、おだてても何も出ませんよ？　それに、お人形さんも手伝ってくれてますし」

「僕は事実を述べているに過ぎない。リリーは世界で一番最高の女性だ」

え、エル様ってば……そんな嬉しいことを笑顔で言われたら、またドキドキしちゃいますよ……はうぅ。

「もう、エル様ったら……ところでエル様。魔法の研究の方はどうですか？」

「いい感じだよ。昨日夜更かししたおかげで、キリの良いところまで行けたんだ」

「夜更かしを自慢げに言わないでください。それと、夜中にエル様の声が隣の部屋からブツブツ聞こえてくるの、ちょっと怖いんですからね？」

私が少し目を細めながら、ジーッとエル様を見つめると、なぜかエル様は悪びれる様子を一切見せないどころか、くすくすと楽しそうに笑い出した。

「エル様？　私、怒ってるんですよ？」

「ああ、ごめんよ。ちょっと昔のリリーを思い出してしまってね。出会った頃はずっと怯えて謝ってばかりだったのに、今では顔も雰囲気もすごく明るくなって、いろいろな感情や表情を見せてくれるようになったなぁって」

「……そうですね。これもエル様や町の人達が優しくしてくれたおかげです」

私は自分の貧相な胸に手を当てながら、エル様の優しさを噛みしめるように目を閉じる。

エル様がいなければ、私はあの森で死んでいただろうし、幸せな生活を送ることもできなかったし、笑うこともなかった。

町の人がいなければ、私は人と話すことに慣れなかった。お友達を作ることもできなかっただろう。

そう考えると、今の私にはエル様がいて、お友達もいて……とっても幸運だなぁ。

「リリーが変わりたいって願い、努力をした結果だ。もっと誇って良いと思うよ」

「ありがとうございます、エル様」

「ふふっ、君の澄み渡る空のように美しい青い瞳も、今がとても幸せだって輝いているね」

「そ、そんなことを言っても、夜更かしは駄目なんですからね！」

「これは手厳しいなぁ。リリーこそ、最近魔法の勉強は頑張ってるかい？」

「エル様が用意してくれたたくさんの本で勉強してますよ。それと並行して、ほかの勉強も頑張ってます」

私は笑みを浮かべ、少しだけ胸を張りながら自慢げに報告をする。

実は私、エル様が用意してくれた回復魔法について書かれている本で、毎晩勉強をしている。それ以外にも、文字の読み書きや歴史、計算など、一般的な勉強もしている。

回復魔法が上達しているかを確認するには、実際に使ってみるのが一番早いんだけれど、そのために傷ついた人や動物を用意するわけにはいかないから、上手になっているかはわからない。

それに、エル様以外の人がいるところでは、回復魔法は使わないという約束もある。

でもでも、勉強自体はすごく楽しいの！

特に最近は文字の読み書きが楽しくて！　この文字はどう読むんだろう、どうしてこの形なんだろうって考えるのが大好き！

「ふふっ……笑顔も魔法も上手になって、まさに言うことなしだね」

「そんな、私なんてまだまだ――」

「あとはその謙遜癖を直さないとね」

「うっ……努力します」

そうなんだよね、どうしても褒められると、私なんてって言う癖が直らない。なるべく言わないようにしているんだけど、今みたいにポロッと出ちゃう。

身体の芯まで染みついた癖は、なかなか直らないのかもしれないけど、私は諦めない。成長したとはいえ、まだまだエル様の隣を歩くには至ってないもん。

「ゆっくり直せばいいさ。さてと、今日は作った人形を町の依頼人に届ける日だね。あんまりのんびりはしていられない」

あっ、そうだった……私も一緒に行ってお手伝いするって昨日約束してるし、早くご飯を食べないと！

「い、急いで食べなきゃ……」

もぐもぐもぐ……

「リリー、そんなに急いで食べると喉に詰まらせてしまうよ」

「大丈夫で――んぐっ⁉」

「ほら言った傍から……はい、お水」

ごくっごくっ……

私はエル様からお水が入ったコップを受け取ると、それを一気に飲み干した。

あ、危なかった……危うく喉に詰まらせてしまうところだった……あれ、このコップってエル様が飲んでたやつだよね？　それじゃ、今のって間接キス……⁉

「リリー、顔が赤いけど……もしかして体調が悪い？　それなら無理に一緒に行かなくても大丈夫だよ」

「い、いえ！　違うんです！　これは……なんでもないです！　あははっ！」

「……？　それならいいんだけど」

まさか、間接キスをしたから照れたなんて、恥ずかしくて口が裂けても言えない。

エル様なら、気にしない可能性もあるけど。

……それはそれで、なぜかモヤモヤする。何だろう、この変な気持ち。昔から、結構な頻度でこのモヤモヤを感じる。特に、エル様がほかの女性と話してる時なんか顕著だ。

ドキドキもそうだけど、やっぱり私って何かの病気なのかな？　ディアナは大丈夫って言ってたけど、やっぱり不安なものは不安だよ。

「ふぅ……ごちそうさまでした。今日持っていくお人形さんはどこですか？」

「僕の部屋に置いてあるよ。すぐに用意してくるから、外で待っててくれるかい？」

「わかりました」

私は空っぽになった食器をお人形さんと一緒に片付けてから、のんびりと外で待つ。すると、エル様は子供と同じくらいの大きさのお人形さんを三体ほど連れて出てきた。

掌に乗る大きさのお人形さんも可愛いけど、大きいお人形さんは逞しくて、すごく頼りがいがあるよ。

「よし、行こうか」

「はい」

今日もいつものように転移魔法を使って森の入口まで行ってから、のんびりと町に向かって歩き出す。

う～ん……良いお天気。歩いているとちょっと汗ばむくらい暖かいなぁ……。こんな日はエル様と一緒にピクニックとか行ってみたいな。

「こうも良い天気だと、ピクニックとか行きたくなるね」

「え？　エル様もですか？」

「リリーもかい？」

「はい。ちょうど同じことを考えてました」

「ははっ、息ぴったりだね。まるで夫婦みたいだ」

「ふ、夫婦⁉」

エル様の発言に驚きすぎて、声が裏返っちゃった。恥ずかしい……で、でも仕方ないよね？　エル様が急に夫婦とか言い出すから！

「ずいぶん前にこんな話をした時も、リリーは似たような反応だったね。懐かしいなぁ……っと、今はピクニックの話だったね。今度、一緒にピクニックに行こうか」

「はふぅ……夫婦……」

「リリー？」

「あっはい！　なんでしょうか⁉」

「ピクニックに行こうって話をしていたんだよ」

え、エル様とピクニック……漠然と行きたいなって思っていただけなのに、まさかエル様からお誘いが来るなんて思ってもみなかった。

「行きたいです！　美味しいお弁当を作りますから！」

「それはとっても楽しみだ。でも、リリーだけにやってもらうのは申し訳ないから、僕も作りたいな」

「じゃあ一緒に用意しましょう！　何か食べたいものはありますか？」

「リリーの作ってくれたものなら何でも美味しいから、リリーの作りたいものでいいよ」

「だ、だからそういうことを言わないでください！　困っちゃいますから！」

「おや、照れてるのかい？」

「照れてませんっ！」

なんだかんだ二人で楽しくピクニックの話をしていると、いつの間にか町の入口に到着していた。話しながらだと、あっという間だね。

あれ……いつも町の入口で警備をしているレオナール様がいない……今日はお休みなのかな？

「レオナール様、どうしたんでしょう？　いつも警備をしているのに……」

「ちょうど席を外しているタイミングだったのかもしれないね。それか、今日は休日かもしれない」

エル様と一緒に、辺りをキョロキョロしてレオナール様を探すけど、どこにも見つからなかった。いつも甲冑を着てるから、見れば一発でわかると思うんだけどなぁ。やっぱり今日はお休みなのかな？

「休みなら、別の人がいてもおかしくないよね？」

「それもそうですね……何かあったのでしょうか？」

「帰る前に、家に様子を見に行ってみようか」

「そうですね」

エル様と私は、とりあえずお人形さんを買ってくれる人の元へと向かうことにした。その途中、見知った人物が大きな紙袋を持って歩いている姿を見つけた。

「あれ、ディアナだ。こんにちは」

「こんにちは、ディアナ。今日は休みかい？」

「あっ、リリー……エルさんも……」

いつものディアナだったら、こんにちはー！　って元気に挨拶をする。それは、私が彼女と友達になってからも、一切変わっていない。

なのに、今のディアナは落ち着いているというか、心ここにあらずって感じだ。

「ずいぶんと元気がないようだけど……どうかしたのかい？」

「………」

違う、これは落ち着いてるんじゃなくて、落ち込んでいるんだ。

ここまで落ち込んでいるなんておかしい……もしかして、何かあったのだろうか。

そう思っていると、ディアナは泣きそうな表情を浮かべながら、今にも消えそうな声で呟いた。

「……お父さんが、怪我をして意識が戻らないの」

「怪我って……レオナール様が⁉」

ディアナの衝撃の告白に、私とエル様は目を丸くして驚いてしまった。

レオナール様が怪我だなんて、信じられない。だって、この町の警備をずっとやってるくらいすごい人なんだよ？　ちょっとやそっとの怪我じゃ、ビクともしなさそうなのに。

「一体何があったんだい？」

「昨日の夜……お父さんと一緒に倉庫の整理をしたの。その時のアタシ……新しいお洋服のデザインを考えながら作業をしてて……うっかり棚にぶつかっちゃって……そうしたら、棚の上から大きな荷物が落ちてきたの。危うく下敷きになりそうだったけど……お父さんが、アタシを荷物から庇ってくれたから、アタシは平気だった。だけど……巻き込まれたお父さんが荷物の下敷きに……それからずっと意識が戻らないの……」

ディアナは消え入りそうな声で私達に説明をしてくれる。その内に彼女の瞳から大粒の涙が零れた。

いつも元気一杯な彼女の涙なんて、初めて見た。

それくらい、追い詰められているんだろう。

「アタシ……アタシが集中してなかったせいで……お父さんが……！」

「ディアナ……きっとレオナール様は大丈夫」

私はディアナの手を取りながら励ましたけど、ディアナの涙を止めることはできなかった。

ディアナは、出会ってからずっと仲良くしてくれた、大切なお友達。そんな彼女が悲しんでいるなら、何とかして力になりたい。

私に何かできることはあるかな……あ、そうだ！　私の回復魔法を使えば、レオナール様を助けることができるかもしれない！

「ディアナ、あとで私達がお見舞いに行っても良いかな？」

「あ……うん。きっとお父さんも喜ぶと思う」

「わかった。用事をすませたら行くね」

「うん、待ってる……それじゃ……」

ディアナはペコっと頭を下げてから、重い足取りでお店のある方向へと帰っていく。

本当は、私が治せるって伝えて安心させたかった。けれど、万が一上手くいかなかった時にショックが大きくなると思うから、敢えて言わなかった。

「リリー、僕との約束を覚えているかい？」

「急にどうしたんですか？」

「ディアナの家に行って、回復魔法を使う気だろう？」

やっぱりエル様には、すぐにバレちゃうね。嬉しいような、悲しいような、何とも複雑な気持ちだよ。

「……はい、その通りです。約束も、もちろん覚えています。エル様以外の人がいるところで、私の魔法を使ってはいけない……ですよね？」

「そうだよ。それなのに、どうして？」

少し強い口調で言うエル様の表情は、真剣そのものだった。

きっと……約束を破ろうとする私のことを危惧して怒っているのだろう。

でも、エル様に怒られたとしても、ちゃんと気持ちを伝えて、魔法を使う了承を貰わなきゃ。大丈夫、私だって少しは成長した。ちゃんと言えるはず。

「ディアナは、根暗で無能だった私とお友達になってくれて、今日までずっと仲良くしてくれました。それは、私にとって幸せなものでした。レオナール様も、私が町に来るたびに明るく話しかけてくれて、時には手品で楽しませてくれて……とても楽しくて、幸せでした。二人には、たくさんの恩があるんです」

知り合ってから今日まで、二人は私とずっと仲良くしてくれた。エル様に伝えたこと以外でも、いろいろあった。困った時は助けてくれたし、悩みがあった時も嫌な顔一つせずに聞いてくれたし、夕飯に招待してくれて、楽しく過ごしたこともある。

私にとって……二人の存在は、とても大きなものになっているの！

「だから……だから！　二人が苦しんでいるとわかっていて……自分に解決できる力があるなら、助けてあげたいんです！」

「それは、僕との約束を破ってでもかい？」

「……はい。エル様を裏切るような真似をするのはわかっています。ごめんなさい。でも、エル様と同じくらい、私はあの二人が大切なんです！」

私の意志をまっすぐに伝えるために一切視線を逸らさずに答えると、エル様は観念したように、ふぅと小さく溜息を漏らした。

「やれやれ、優しい君のことだから、いつかは誰かのために魔法を使うとは思っていたけど……案の定だったね」

「うぅ……」

「わかった。元々は君を守るための約束だったんだけど、君も心身共に成長したし、もう大丈夫だろう」

「あ、ありがとうございます!!」

許してもらえたことが嬉しくて、私は大きな声を上げながら、勢い良く頭を下げた。

昔の私だったら、そんなことはできないって怯えて、エル様の後ろに隠れてしまっていただろう。

もちろん今だって怖い。もし失敗したら、どうなってしまうのだろうって思うと……逃げたいって思う。

でも……それ以上に、私のような人間と仲良くしてくれた、大切な二人を助けたい気持ちの方が、遥かに強い。

大丈夫……たくさん勉強してきたんだし……絶対に大丈夫。

そう自分に言い聞かせながら、私はエル様と一緒に依頼人のところに行ってお人形さん達を渡してから、ディアナの家に向かった。


「ディアナ、私だよ」

「あ……どうぞ」

私とエル様が、ディアナのお店の二階にある居住部屋に通してもらうと、そこには頭に包帯を巻いたレオナール様の痛々しい姿があった。

……荷物が落下した際に頭を打ったのかな。もしそうなら、意識が戻らないのも頷ける。

「二人共、お見舞いに来てくれてありがとう。きっとお父さんも喜んでると思う」

「気にしなくていいよ。それで、医者には診てもらったのかい？」

「診てもらったよ。でも、この町の医者には治せないって言われて……明日には隣町への定期便が来るから、それで隣町に行って、お医者様に診てもらうつもりなの」

お医者様に診てもらうなら、その方が良いかもしれない。

でも、治せるなら一日でも早く治して、元気な二人の笑顔が見たい。

「……ディアナ。実は私達、お見舞いに来たんじゃないの」

「え……？　どういうこと？」

ディアナは不思議そうにまばたきを繰り返す。

いきなりそんなことを言われたら、こんな顔になるよね。

「私が……レオナール様を治す」

「な、治す？　もしかして、リリーって実はすごいお医者さんだったりするの？」

「ううん。私、回復魔法が使えるの。それを使って治すの」

「そんなことが可能なの!?」

ディアナは飛びかからんばかりの勢いで私の肩を掴むと、語気を強めた。

「リリーを信じて見守ってあげてほしいな」

「エルさん……わかった。にわかには信じがたいけど……リリーが人を悲しませる嘘をつくはずないもんね！　お父さんを……助けて！」

「うんっ!!」

悲痛な叫びを上げるディアナに力強く頷いて、眠り続けるレオナール様の隣に立つ。そして、ゆっくりと右の掌をレオナール様に向ける。

私はレオナール様を助けたい。初めて会った時から、私がこの町に来るたびに優しく出迎えてく

れて……雨の日も風の日も雪の日も町を守っていた、勇敢で優しくて真面目なレオナール様を助けたい。

大丈夫。今の私は、もう昔の臆病で無能な私じゃない……私ならできる！

「私に眠る癒しの力よ、私の声に応えて！」

「り、リリーの身体から光が……」

私の手から生まれた純白の光は、私の気持ちに呼応するようにどんどんと大きくなっていき、レオナール様を包み込んでいく。

上手くいってる。このままレオナール様の目を覚まさせて、私の癒しの力よ！

「ひ、光が収まった？」

光は十秒ほどで跡形もなくなり、代わりに凄まじい疲労感に襲われた私は、その場で膝から崩れ落ちてしまった。

や、やっぱり回復魔法を使うと、ものすごく疲れる。身体に上手く力が入らないよ。

「リリー！」

「大丈夫かい？」

「ディアナ……エル様……大丈夫です。ちょっと疲れちゃって」

私を心配するように駆け寄ってきてくれた二人に、なるべく心配をかけないよう、私は無理に笑ってみせる。

……お屋敷にいた頃だったら、倒れてもさっさと立てって殴られていただろうな……いや、今は私のことなんかどうでもいいよね。早くレオナール様の状態を確認しなきゃ！

「……うぅん」

「お父さん!?」

「……俺は……ディアナ……？　それにリリーとエルネストさんまで……俺は一体……」

いつ目を覚ますかわからないと言われていたレオナール様は、ぼんやりとした様子で上半身を起こす。

念のためにエル様が包帯を外して怪我の具合を確認したところ、どこにも傷はなかったみたい。

良かった……私の魔法は成功した！　本当に良かった！

うぅ……ひっく……本当に、よがっだぁぁぁぁ……

「お父さん……！」

「うおっ！　ディアナ、急に抱きついてきたら驚くじゃないか！」

「だっで……だっでぇ……アタシを庇って……もう目を覚まさないかもって……！」

「庇う……そうだ、思い出した！　ディアナ、怪我はないか!?」

「大丈夫……お父さんが守ってくれたから……！」

レオナール様が目を覚ましたことで緊張の糸が切れたのか、ディアナは問いに対して小さく頷いてから、小さい子供のように泣き続ける。

そんなディアナを、レオナール様は優しく抱きしめてあげていた。

私のお父様も、レオナール様みたいな人だったら、私の人生って変わってたのかな。考えても仕方ないんだけどね。

「リリー、よく頑張ったね」

「……エル様……」

エル様は柔らかい笑みを浮かべながら、安堵して涙を流す私の頬を撫でてくれた。

エル様に褒めてもらえると、すっごく嬉しくて心も身体もポカポカしちゃう。それどころか、無意識に口角が上がってしまうのを抑えられない。

「……おかしい、俺は怪我をしたはずだろう？　なのに……どこも痛くない」

「それは、リリーが回復魔法で全ての傷を治したからですよ」

「回復魔法？　使い手が極端に少ないと言われる、あの⁉　エルネストさん、それは本当ですか⁉」

「ええ」

まるで信じられないと言わんばかりに、レオナール様は目を見開きながら私を見つめる。

「そうだったのか……まさか、回復魔法を使えたなんて、リリーはすごい子だったんだな。本当にありがとう！」

「アタシからもお礼を言わせて。ありがとう、リリー！」

「え、えっと……どういたしまして」

屋敷を出て二年も経っているというのに、まだ感謝の言葉に慣れてない私は、照れ臭さのせいで、二人から顔を背けてしまった。

うぅ……顔が熱いよ……

「さて、こんなことはしていられない！　早く町の警備に戻らねば！　二人共、この礼は後日させてほしい！　本当にありがとう！」

「ちょ、お父さん!?　病み上がりなんだから無理しちゃダメだってばー！」

「もうすっかり元気だね」

「元気すぎて困っちゃうよー、もう！　アタシ、お父さんを止めに行ってくるね！　本当にありがとう！　アタシからも、ちゃんとお礼をさせてね！」

すっかり元気を取り戻したディアナは、私に抱きつく。それから、勢い良く部屋を飛び出したレオナール様を追いかけて、部屋を出ていった。

元気な二人がいなくなったら、すごく部屋の中が静かになっちゃったな。

「ふふっ、やっぱり元気な姿が一番だ。さて、一件落着したし……僕達も行こうか」

「あの……エル様、いつまで私を支えているのでしょうか……？」

「おや、バレてしまったか。嫌だったかい？」

「い、嫌ってわけじゃ……むしろ嬉しいですけど……」

「なら問題ないね。僕はむしろ、ずっとこうしていたいくらいだし。そうだ、リリーは疲れているんだし、このまま抱き上げて帰ろうか」

「そ、それは問題しかないです－！」

私の必死の抵抗も虚しくお姫様抱っこをされてしまった。

嬉しいけど、こんな状態で外に出たら……もう恥ずかしくて町に来れなくなっちゃう！

「……小さな町だし、リリーの回復魔法のことはすぐに知れ渡ってしまうだろうな……悪用する輩も出てくるかもしれない……不安だし、手を打っておくか……」

「エル様……？」

「ううん、なんでもないよ。そうだ、食材の買い物は必要かい？」

買い物……そうだ、もう食材がほとんど残ってなかったんだった。疲れているけど、ゆっくり歩けば何とかなりそうだし、買い物してから帰りたいな。

「食材がないので、買い物をして帰りたいです」

「わかった。じゃあリリーを家まで送ってから、僕が一人で買い物してくるよ」

「そんなの申し訳ないです。少し休んだら動けると思うので、私もご一緒させてください」

「うーん……リリーがそう言うなら、その意思を尊重したいけど……そうだ、僕がこのままリリーを運べば、その間にリリーは休めるし、一緒に買い物にも行けるじゃないか！」

こ、このまま買い物!?　ってことは、長時間このままの状態で町を歩くの!?

い、いやー！　そんなの恥ずかしすぎて死んじゃうよー！

「え、エル様？　さすがにそれは恥ずかしい――」

「あっ、さっきの収入もあるし、食材と一緒に新しい服を買うのも良いな……」

「無駄遣いはダメですよ！」

「無駄遣いだなんて、とんでもない！　リリーが喜んでくれるなら、僕は何をしても構わないというのに！」

エル様の気持ちはすごく嬉しい。でも、お金は有限なんだから大事に使わなきゃいけない……んだけど、嬉しい気持ちの方が大きいせいか、私はそれ以上反論することができなかった。

「ふふっ、それじゃ出発しよう！　リリーに似合う服があると良いんだけど……」

い、意気込むのはいいけど！　降ろしてくださいー！　恥ずかしいよー！　うわぁ、本当にお姫様抱っこをされたまま外に出ちゃったよ⁉

「おや、リリーちゃん、エルさんにモテモテで良かったねぇ」

「も、モテモテ……！」

「エルも森に引きこもってないで、リリーちゃんと一緒に外に出ろよ？」

「そうですね、デートは大事ですからね」

「デート⁉」

お姫様抱っこをされたまま移動していると、通りがかったお店の店主であるおじさんとおばさんに、ずいぶんとからかわれてしまった。

それが恥ずかしかった私は、顔を赤くしながら反論……ができず、ただアタフタすることしかできなかった。

成長したと思ってたけど、エル様の隣を歩くには、私はまだ相応しくないと痛感させられるなぁ。

もっと明るくなって、堂々と振る舞えるようになって、家事もできて、回復魔法も使えて……そして、カトリーヌさんみたいな、女の勘が使えるようになったら完璧かな？

道はまだまだ遠いけど、諦めるつもりはないもん。

これからも自分磨きを頑張るよ！


「うん……この服も似合いそうだな……おお、こっちのは……」

「あのー、エル様？」

「どっちも捨てがたい……むっ、この服は……似合いそうだが、少し露出が多いかもしれないな……」

「エル様ー？」

「くっ……どの服でも似合いそうなくらい美しいリリーを、こんなに恨めしく思ったことはないな……これが嬉しい悲鳴というやつか」

私達は、町の中央広場にある商店街へとやってきた。

本当は今日のご飯の食材を買うつもりだったんだけど……その趣旨からは大きくずれ、私の服を見て回っている。

エル様ってば、食材を買うのを忘れているよね。

あっ、ちなみに私は回復魔法の反動でまだ少し疲れているから、エル様が服を見繕っているのを座って眺めている。椅子はお店の方がわざわざ持ってきてくれたものだ。

「エル様ってば、外でそんな恥ずかしい独り言を言わないでよ……」

「エルネストさん、ずいぶんと熱心に見てるわね～」

「あ、はい。そうですね。私の呼びかけも全然耳に入っていないみたいで……」

私は洋服屋さんの店主をしている女性に、苦笑いを浮かべながら答える。

エル様って、一つのことに熱中すると周りが見えなくなる節がある。その証拠に、魔法の研究に夢中になると、朝まで研究し続けるのがいい例だ。

「本当にあなたってエルネストさんに愛されてるわよね～」

「あ、あいっ!?」

「違うの？　こんなに熱心に女性の服を男性が選ぶなんて、普通はしないわよ～？　それに……抱きかかえられて入店してる時点で……ねぇ？」

「あ、あれは事情があって……！」

お姫様抱っこで外に連れ出された私は、もちろんこのお店にもその状態で入店している。

本当に恥ずかしかったんだよ？　顔から火が出るかと思ったくらい。

なのにエル様ってば、全く気にしていないどころか、声をかけてくる人に、仲良しですからいいんです、なんてにこやかに言っていたし……

もう、後でちゃんと言っておかないと。こんなのが続いたら、嬉しさと恥ずかしさでショック死しちゃうもん！

「うーん、服のサイズは実際に着てもらわないとわからないな……リリー、これのサイズを確認したいんだけど、試着できそうかい？」

「あ、はい。休んだので、それくらいなら」

「じゃあ、これとこれとこれ」

「え、三着も？」

「これでもかなり厳選に厳選を重ねたんだよ。本当なら、ここにある服を全て試着……いや、購入したいくらいだ」

ど、どれだけ本気なのエル様……正直驚きを隠せない。

けど……私のためにそこまで熱心に似合いそうな服を選んでくれるのは、とても嬉しい。

「じゃあ試着してきますね」

「うん。あっそうだ。試着室の前まで僕が抱きかかえて――」

ま、またさっきのあれをするつもりなの!?　さすがにもう駄目だよ！　これ以上されたら、確実に気を失う自信があるよ！

「じ、自分で行けますから！」

「……そうかい？　それは残念だ。じゃあせめてこの手を取ってほしいな」

そう言いながら、エル様は女性顔負けなくらい綺麗な手を私に差し出す。

一方の私は少しドキドキしながら、スラっとした綺麗な手を取って立ち上がった。

私はこの手が大好き。この手はいつも私を守ってくれたし、励ましてもくれた。誰よりも温かくて、愛おしい手だ。

「じゃあここで待ってるよ」

「はい、行ってきます」

私はエル様から三着の服を受け取って試着室に入る。

見た感じ、どれも今着ている服とそこまで大差はないようだ。色合いとか、袖やスカートの長さがちょっと違うくらいかな……って、なんか三着目の服だけ少し胸元が開いているような……？

自分で言うのもなんだけど、私は十七歳の割には小柄だし、すごく貧相な身体だ。そんな私に、こんな色っぽい服が似合うのかな……？

妹のシャロンや、カトリーヌさんはとてもスタイルが良かったから、そういう人が着るべきな気がする。

あと、こんなはしたない恰好を男性……特にエル様に見られるなんて恥ずかしい。

でも、エル様が真剣に悩んで、厳選して持ってきてくれた服なんだし、頑張って着てみよう。

「ふぅ……よし、着るぞっ！　頑張れ、私！」

私は気合を入れながら服を着て試着室を出ると、エル様は目を輝かせながら、小さく手を叩いて私を出迎えた。

「うんうん、やっぱりよく似合っている。僕の目に狂いはなかったと自惚れたいところだが、これもリリーの美しさがあればこそだね」

「はぅ……!?　わ、私着替えてきます！」

「ゆっくりでいいからね」

エル様は今日も私を褒める言葉が止まらないみたい。そんなエル様から逃げるように、私は再び試着室へと入った。

もう、エル様ったら……言われる身にもなってほしい。どれだけ嬉しさと恥ずかしさでドキドキしてると思ってるの？　このドキドキをエル様に伝える術があればいいのに。

「はふぅ……あっ、早く着ないとエル様に心配かけちゃう」

私は急いで二着目を着て試着室を出る。すると、またエル様の容赦ない褒め言葉にやられてしまい、試着室に駆け込んだ。

そんな状態で、問題の三着目を着て試着室を出ると、エル様は、なぜかとても難しそうな顔をしながら、唸り声に近い声を上げていた。

「エル様？　そんな風にジッと見られると恥ずかしいんですけど……ただでさえ、ちょっと露出が多いですし……」

「……むぅ……一番似合っている……似合っているが……こんなに肌が出ているのをほかの男性に見せていいものか……？　いや、見せたくない……」

ただでさえ普通に見つめられるだけでもドキドキして、身体が熱くなってしまうというのに、こんな貧相で色気の欠片もない胸元が出ている姿を見られたら……

もう恥ずかしすぎて死んじゃいそう……

「その、エル様……？」

「はっ……どうかしたのかいリリー？　もしかしてサイズが合わなかったかい？」

「サイズは合ってますけど……ブツブツ言ってどうしたんですか？」

「ああ、ちょっと考えごとをね。あははっ」

まるで誤魔化すように笑い飛ばすエル様。

考えごとって、さっきの見せたくないって発言のことかな。確かにほかの男性に見られたくないっていうのは私も同じだ。

でも、エル様にだったら……恥ずかしいのは変わらないけど、見てもらっても……

「その、外で着るのはあれですけど……お家でなら着ても良いかな、なんて……」

……ちょっと待って、私ったら何を口走ってるの？　これじゃ、この姿をエル様だけに見てもらいたいって公言してるようなものだよ！

は、早く撤回しないと、私ははしたない子だって思われて、嫌われてしまうかもしれない！

「あ、今のはそのっ……！」

「ははっ……聞こえちゃってたか……恥ずかしいな。よし、とりあえずサイズは確認できたし……全部買おう！　それがいい！」

てっきり嫌われたかと思ったけど、予想に反して、エル様は力強く握り拳を作りながら、とんでもないことを言い放った。

ぜ、全部って……そんなに買ったらお金がなくなっちゃう！　いくらお人形さんを欲しがっている人に売ってお金を稼いでいるとはいえ、お金は大切にしなくちゃ！

「いいわけないですよ！　無駄遣いは駄目です！」

「無駄遣いだって!?　リリーに買ってあげることが無駄遣いなはずがないだろう！　本当はリリーに似合いそうな服は全部購入したいところなのに！　それどころか、リリーには毎日の食事だって最高級の食材を用意したいし、家だって豪邸にして、使用人も雇いたいのに！」

「お金の使い方が豪勢すぎます！　とにかく、買ってくれるのは嬉しいですけど、一着でお願いします！」

「なら、しばらく僕の分の食費を削っていいから！」

「駄目です！」

そこまでして私のものを買ってくれる気持ちは嬉しいけど、食費を削ってまで買ってもらうわけにはいかないよ！

あっ……でもエル様は私と会うまでは、買い物はほとんどしないで森にある食べ物で生活していたって前に言っていたし……エル様としては、食費を削っても問題がないのかな？

いやいや、いくら過去にしてきたからって、今もそうしていいなんてことはないよ！　絶対身体に毒だもん！

「……そうか。それは残念だ……ここから一着……むむっ……どれもリリーの美しさを最大限に引き出してくれている……僕はどうしたら……やっぱり全部買って……」

「だーめーでーすー！」

「なら、僕の着てる服を売って資金にしよう！」

「それも駄目です！」

もう、エル様ったら……放っておいたら本当に全部買いかねないし、何をするかわかったものじゃない。ちゃんと見張っておかないと。

「やっぱり愛されてるわね～」

「ふぇ!?」

エル様の監視に夢中になってしまっていたせいで、店主さんが近づいてきたのに全く気づけなかった。彼女の耳打ちに思わず過剰に反応してしまう。

「リリー⁉　どうかしたのかい！」

「な、ななな……なんでもないです！」

「本当に？」

「本当よ～。彼女に声をかけたらちょっと驚いちゃっただけよ～」

「ならいいんだけど……あまりリリーを驚かさないであげてくださいね」

少し不機嫌そうに目を細めるエル様に、店主さんは「ごめんなさいね～」と謝罪をしながら、その場を後にした。

「それで、何の話だったんだい？」

「えっ⁉　えっと……」

「……？　大丈夫かい？　耳まで真っ赤だよ。もしかして熱でもあるのかい？」

「ひゃあ……！」

愛されてるって言われたなんてエル様に言えるはずもない。胸をドキドキさせながら口ごもっていると、エル様は何か勘違いをしたのか、私のおでこに手を当てながら心配してくれた。

え、エル様の手が……私のおでこに……あわわわ……ドキドキが止まらないよ……！　顔から火が出そう！

「だ、だいじょーぶですから……！」

「大丈夫なようには見えないよ！」

「ほ、ほんとうにだいじょーぶです……！」

「……ならいいんだけど。あまり無理はしないようにね」

「ひゃい……」

そこまで言ってようやくわかってくれたようで、エル様は服の吟味に戻った――と思ったら、すぐに一着だけ決めて会計へと向かっていった。

あービックリした……エル様って、私が恥ずかしいって思うようなことを平然とやっちゃうから困りものだね……嫌ってわけじゃないよ？　嬉しいけど……とにかく恥ずかしいの！

……でも、おでこを触ってもらうのって……案外気持ちいいっていうか……安心するっていうか……はっ!?　私はまたなんてはしたないことを考えているの!?

「ただいま、買ってきたよ。リリー、そんなに悶えてどうしたんだい」

「あ、おかえりなさい！　何でもないので気にしなくて……あれ？　エル様、さっき一着だけ持って会計しにいきましたよね？」

「そうだね」

「その割には、紙袋大きくありませんか？」

「三着分入ってるからね」

あーなるほど、三着も入ってれば紙袋も大きくなるよねー……え、三着？

「なんで三着買ってるんですか!?　お金ないって――」

「大丈夫。お金は一着分しか払ってないよ」

ど、どういうことなの？　まさかエル様、何か悪いことでもして三着分のお金を一着分にまで減らしたの⁉　犯罪は絶対やったら駄目だよ！

って、エル様がそんな悪いことなんてするわけないよね……

「一着だけ買おうとしたら、店主さんがお代は一着分だけでいいから、三着持っていきなって言ってくれたんだ。とはいえ、商売なんだからそういうわけにはいかないって断ったら、じゃあ代わりに今度、魔法人形を作ってくれって頼まれたんだ」

「な、なるほど。いつも貰うお人形さんの代金を、この服の代金にしたと……」

「そういうこと。だから心配しないでいいよ」

うーん、そういうことならいい……のかな。エル様も店主さんも納得しているようだし……本人達が納得しているなら、私が変に口出しをしない方がいいのかも。

「さあ、それじゃ食材を買って帰ろうか。おいで」

「ま、またお姫様抱っこですか⁉」

「うん、そうだけど……あっ、荷物を持ちながらじゃできないか」

エル様は、先程買った三着の服が入っている紙袋を抱えている。これでは私をお姫様抱っこするのは無理だと思う。

良かった、これ以上町の人に恥ずかしいところを見られなくてすむ。してもらえなくてちょっぴり残念だけど……いやいや、何を考えてるの私!?

「リリー、ちょっとだけ待っててくれ。この紙袋を運ぶための魔法人形を即席で作る。そうすればリリーを抱きかかえられる」

「作らなくていいですからー！」

「駄目だよ。リリーは回復魔法を使って疲れているんだから」

「もう大丈夫ですから！　ほら、元気元気！」

「疲れというのは、自分では気づきにくいものだよ」

私の必死の説得も虚しく、エル様は即席のお人形さんを作ってそれに紙袋を持ってもらうと、私を再度お姫様抱っこして次の店へと向かった。

うう、次に町に来た時、どんな顔をすればいいんだろう……

＊　＊　＊

「リリー、今日はデートしようか」

「んふっ!?」

数日後、エル様やお人形さんと一緒に洗濯をしていた私は、エル様のとんでもない発言のせいで、思い切り変な声が出てしまった。

い、いきなりデートだなんて……そんなのお付き合いをしている男女がするものであって……私達はまだそんなんじゃ……って！　まだってなに⁉　私は何を考えているの！

「ほら、この前二人でピクニックに行こうって言っただろう？　今日はいい天気だし、最近良いところを見つけたから、そこに二人で行きたいなって思ってね」

「そ、そうなんですね。それならデートなんて言わなくても……」

「男女が二人きりで遊びに出かけるなら、それは立派なデートだと思うよ」

少しぎこちない手つきで服を干しながら、エル様はにこやかに笑う。

これ、エル様と私ではデートの定義が少しずれている気がするなぁ……デートって、付き合ってる男女がするものだと思ってた。

「それで、どうかな？」

「その……行きたいです！　すぐにお弁当の準備をしますね！」

「僕も一緒にやるよ」

私はエル様と一緒にお弁当の準備を始める。どこに行くかは教えてくれなかったけど、どこでも食べやすいように、サンドイッチをたくさん作ってバスケットに詰めた。

エル様と一緒だと、こうして何かの準備をしているのも、すごく楽しく感じられるから不思議だね。

「作りすぎちゃったかもしれないですね」

「互いに気合を入れすぎてしまったね。まあ歩いていたらお腹が減るだろうし、大丈夫だと思うよ」

「それもそうですね。じゃあ部屋で準備してきますね」

「僕も部屋で準備してくるよ」

私は一旦エル様と別れてから、自分の部屋で身支度をする。

とはいっても、身支度は起きたらすぐにしっかり整えるから、着替える以外は、そんなにやることはないかな……

あっ、そうだ。せっかくだし、この前エル様に買ってもらった服を下ろそうかな。

「あっ、それを着てくれたんだね。よく似合ってるよ」

「あ、ありがとうございます。あれ、なんでバスケットの中をじっと見てるんですか？」

「いや、こうして見比べると、僕の作ったのは不格好だなと思ってね。リリーの料理の腕には敵いそうもないよ」

「練習あるのみですよ。私だって最初は上手くいかなかったですし」

「ふふ、そうだと良いね。さてと、そろそろ出発しようか。それじゃみんな、留守番を頼むよ」

準備が完了した私達は、お人形さん達にお留守番を任せて出発する。木々の間から差し込むお日様の光が、とても暖かくて気持ちいい。

ちなみに今日の服だけど、あの少し色っぽい雰囲気の服を着ている。

べ、別にデートって言われたから浮かれてこの服を選んだんじゃないんだよ？　その……たまたまクローゼットから出てきたのがこれだったたってだけなんだよ？　ほかの服が出てきたら、そっちを着てたからね？

「リリー、僕の手を取って」

「え……？」

「だって、これはデートだからね」

「ぴ、ピクニックです！」

何を真剣な顔で言うのかと思ったら、またドキドキするようなことを言うんだからこの人は……。

「そうだったかな？　まあいいじゃないか。今日の君もとても魅力的で美しいからね……僕の手の届くところにいてくれないと安心できないのさ」

「……エル様ったら、調子いいんですから……」

頬をぷくっと膨らませて文句を言いつつも、私はエル様の綺麗な手を取る。

エル様ってば、出会った時からどれだけ私をドキドキさせれば気がすむんだろう。

……そういえば、結局どうしてエル様にドキドキするのか、その原因はまだわかってない。

ディアナは自分で気づくべき素敵なことって言ってたけど……いつかはこのドキドキの正体がわかる日が来るのかな。

まあ、わかったところでエル様の言葉を止められないから、毎日のようにドキドキさせられてしまうと思うけどね。

「それでエル様、一体どこに連れていってくれるんですか？」

「ふふっ、ついてくればわかるよ。すごく素敵なところだから、きっと気に入ると思うよ」

エル様が連れていきたいところかぁ……すごく楽しみだなぁ……あれ？　そういえば。

「私、てっきりエル様はこの森のことを熟知してるのかと思ってました」

「この森はとても広大だから、さすがに全部は把握しきれないさ」

「そうなんですか？　でも、私と出会う前から、食料調達のために森に出てましたよね？」

「家の近くで手に入る果物や動物でこと足りたから、広範囲まで動く必要がなかったのさ。どうしても足りない時は稼いだお金で買えばいいし。森を探索する時間を研究に当てた方が、僕には有意義だったんだよ」

何ともエル様らしい理由すぎて、私は思わずクスクスと笑ってしまった。

あれ？　でもそれなら、どうして今回は新しい発見をすることができたんだろう？

「ピクニックにぴったりの、どこか綺麗な場所はないかなって思って、食料調達の際に森の中を探索したんだよ」

「あっ……私の考えてたこと、バレちゃいました？」

「ああ。君の美しい青い瞳が、包み隠さず教えてくれたよ」

あぅ……どうしてエル様はそんな嬉しくて恥ずかしい言葉を平然と言えるんだろう。

私なんか、真似してみろって言われたら、身体中を真っ赤にして、煙を出して倒れる自信しかないよ……でも、いつも言う側のエル様が言われる側になった時の反応、ちょっと気になるかも。

……ちょっと言ってみようかな？

「そ、その。エル様も……すごく綺麗でしゅ」

「…………」

「…………」

あぁぁぁ！　大事なところで噛んだぁぁ！　しかもこんなことを言い慣れてないから、なんて言えばいいのか全然わからないよぉぉぉ！　やらなきゃ良かったよぉぉぉぉ！

「あ、ありがとう。リリーにそんな嬉しいことを言ってもらえるなんて、思ってもみなかったよ……あははっ」

心の中で後悔していると、エル様は頬をかきながら、視線を逸らした。その頬はほんのり赤くなっている気がするけど、今の私に気にする余裕なんてなかった。

「あ、その……！　今のは忘れてください！」

「どうしてだい？　こんなに情熱的で嬉しい言葉、僕は死んでも忘れないさ」

「情熱的な要素はないですよ！」

「受け取り手の僕がそう思えば、リリーの美しいという言葉は情熱的になるのさ。それにしても、綺麗か……ふふっ、リリーが僕を綺麗……」

「連呼しないでくださいー！」

ああもう、変な気を起こすんじゃなかった……当分の間は、今日の発言を思い出して悶える日々を過ごすことになりそう。

それに、エル様が今みたいに話を持ち出して、私が悶える未来しか見えない。

だけど、エル様は嬉しそうだし、たまになら……本当にたまにならー　言っても……いい、かな……なんて。エル様が喜ぶところを見たいし……

「また言ってくれると嬉しいな」

「し、知りません！」

「あはは、ごめんよリリー」

また考えを読まれてしまった私は、頬を膨らませながらエル様を置いてズンズンと進む。少し開けたところに到着した。

そこには、お日様の光に照らされて美しく輝く湖が広がっていた。

「うわぁ……綺麗……」

「リリーをここに連れてきたかったんだ」

後から到着したエル様は、私の隣に立ってから優しく言う。

人間の手が一切加わっていない自然の中にある湖は、底まで見えるんじゃないかって思えるくらい澄んでいる。お日様の光のおかげで、宝石のようにキラキラと輝いていて、見る者全てを魅了してしまいそうだ。

ここにいたら、嫌なことなんて全部忘れられちゃいそう。かくいう私も、さっきの恥ずかしい言葉なんて、この風景を見ていたら気にならなくなっていたよ。

「こんな素敵なところにエル様と来られるだなんて、夢みたいです」

「ふふっ、これは夢じゃないよ。ほら」

「あうっ……確かに夢じゃないです……」

エル様は私のほっぺを、指の腹でほぐすようにムニュムニュする。

触られている感覚があるってことは、これは夢じゃないってことだよね。

「エル様、もっと近くに行きましょう！」

「ああ。ってこらこら、走らなくても湖は逃げないよ」

「エル様ー！　はやくはやくー！」

こんな綺麗な場所に来た経験がないせいで興奮してしまった。私は小走りで水辺まで行くと、エル様に向かって手を大きく振る。

あっ……私としたことが、まるで子供みたいにはしゃいじゃった……恥ずかしい。

「本当に綺麗ですね」

「喜んでもらえて良かったよ。でも……こうしてみると、よくわかるな」

「何がですか？」

「この湖の美しい輝きをもってしても、君の美しさには敵わないんだなって」

「っ⁉」

まるで全身に熱湯でもかけられたんじゃないかってくらい、身体中が一気に熱くなるのを感じる。

それに、自分のものとは思えないくらい胸がドキドキしている。

「あれ、リリーは言ってくれないのかい？　僕も同じくらい美しいって」

「〜〜〜っ‼　せ、せっかくこの景色のおかげで忘れてたのに、思い出させないでくださいっ！」

「そんなに顔を赤くしちゃって。今日のリリーはとても愛らしいね」

「もう、知りませんっ！」

「あははっ、ごめんごめん」

私は大きく頬を膨らませながら、楽しそうに笑うエル様の顔を睨みつけてから、プイっとそっぽを向く。

イジワルを言うエル様なんて、嫌いだもん！

嫌い……ううん、やっぱり一時の感情でも、嫌いだなんて思えないよ。だって、エル様は私の命の恩人で、一番大切な人だから。

「さあ、機嫌を直して弁当を食べようじゃないか」

「そうしま――」

ぐるるる……

機嫌を直してエル様の言葉に返事をしようとする私を邪魔するように、お腹の虫が盛大に鳴ってしまった。

ど、どうしてこのタイミングでお腹が鳴るの⁉　絶対にエル様に聞かれちゃったよね⁉

「あぅぅぅぅ……」

「ふふっ……あはははっ！」

「わ、笑わないでください！」

「ごめんよ。あまりにもリリーが愛らしくてつい。あはははっ……」

「や、やっぱり聞かれてた……もうやだ……恥ずかしすぎる……死んじゃいたい……」

顔から火が出てしまいそうなくらい恥ずかしくなる。両手で顔を覆って悶えていると、エル様に手を優しく握られた。

当然のようにエル様と目が合うと、先程まで笑っていたエル様の表情は、とても真面目なものに変わっていた。

「もしリリーが死のうとしたら、僕が命に替えてでも止めるからね。そんなことに労力を使わないで、二人で今や未来を楽しむことに全力を傾けようじゃないか」

「エル様……そうですね。でも、もし私のためにエル様が死んじゃうようなことがあったら、私は悲しいです」

「大丈夫。僕はリリーが別れを望まない限り、君の傍から離れないよ」

そう言いながら、エル様は私の手の甲に優しく口づけをする。まるで王子様がお姫様に誓うかのように。

エル様……お願いですからこれ以上ドキドキさせないでください……！

「え、えええ、エル様！　お弁当！　お弁当食べましょう！」

「そんなに慌てちゃって。リリーは可愛い――」

「あーあー！　聞こえません！　はい、そこに座って！」

本当にこれ以上嬉しくて恥ずかしい言葉を言われたら、絶対に耐えられない。

私は強引に話を終わらせて水辺にシートを広げると、そこにエル様を座らせてバスケットを開けた。

「いただきます。もぐもぐ……ふふっ、リリーのサンドイッチは絶品だね」

「エル様だって一緒に作ったじゃないですか。エル様のも美味しいですよ――って、ちゃんと野菜サンドイッチも食べてくださいね？」

「……何のことかな？　僕にはさっぱりだ」

バスケットの中にたくさん入れてきたサンドイッチに舌鼓を打っていると、エル様が明らかに野菜サンドイッチを避けているのが目に入った。

もう、相変わらずエル様の野菜嫌いには困ったものだよ。バランス良く食べないと身体に悪いんだよ？

「とぼけても駄目です。子供じゃないんだから野菜も食べてください」

「あー、なんか急に子供に戻った気分だなぁ。ばぶー」

「ばぶーは戻りすぎです！」

いつもならそんな軽口は叩かないのに、そんなことを言ってまで野菜を食べたくないの？

それとも、エル様もデート――ごほん、ピクニックに来たことで、気分が高揚してるのかな。

「そんなことを言っても誤魔化されませんよ！　私より歳上なんだからワガママ言わないでください！」

「リリーは今十七歳だろう？　僕とたった五つしか変わらないじゃないか」

「十分離れてますから！」

五つも離れていれば、結構な歳の差だと思うのは、きっと私だけではないはずだ。

そう……だよね？

「ちゃんと食べてください。はい、あーん！」

「うっ……あーん……」

無理にでも野菜を食べてもらうために、私が野菜サンドイッチをエル様の口元に持っていくと、エル様は仕方なく口を開いた。

……とても渋い顔をしているけど……心を鬼にして食べさせないと。栄養が偏って身体を壊してしまってはいけないからね。

「ふぅ……どうも野菜は苦手だ……」

「でもちゃんと食べられたじゃないですか。偉いです」

「リリーがあーんをしてくれたおかげかな。リリーの愛情のおかげで野菜も何とか食べられたよ。あははっ」

「あーん……？　はっ⁉」

い、言われてみれば確かに……さっきは食べてほしくて、無意識にあーんをしていた！　あぁもう！　まさかそんな恥ずかしい行為を自分からやっちゃうなんて！

「それじゃ、お返しに僕もしてあげるよ。はい、あーん」

「だ、大丈夫です！　自分で食べられますから！」

「照れなくてもいいじゃないか。ここには僕達以外に誰もいないのだから、見られてからかわれるようなことはないよ」

「そ、そういう問題じゃ……はぅ……あ、あーん……」

全く折れる気配のないエル様に根負けして、小さく口を開けてサンドイッチにかぶりつく。

中身は……多分ハムだろうけど、ドキドキしちゃってるからか、全然味がわからない。

「ふふっ、やっぱりリリーは優しいね」

「急にどうしたんですか？」

「僕の無茶振りに、怒らずに応えてくれたからさ」

「ふ、普通ですよ。その……エル様に悲しい顔をしてもらいたくなかっただけです」

「そういうのを優しいっていうんだよ」

「そうなんでしょうか……？」

自分ではよくわからないけど、もし私が優しいのなら、それはエル様や町の人達が、私に優しく接してくれたからだろうなぁ。昔の私なんて、気弱でグズで無能で、優しさなんてものは皆無だったし……

はぁ、どうして私ってあんなにどうしようもない人間だったんだろう。

今は聖女の力である回復魔法が使えるし、エル様や町の人がいるから、少しはマシになったけど、それがなかったら……私なんて、本当に救いようがない人間だったと思う。

「リリー」

「なんですか？」

「君は昔から優しくて美しい女性だったよ」

「はうっ⁉」

「ふふっ、やっぱりね。君の瞳が、昔の自分なんて……って言ってたからね」

「え、エル様ってどうして私の考えていることがわかるんですか？」

「全てがわかるわけじゃないよ。心を読める魔法なんて使えないしね。でも……そうだね……強いて言うなら、昔からいろんな人を見てきたから、観察力が高いというのはあるね」

エル様はぼんやりと湖を眺めながら、どこか寂しげな横顔を私に見せた。

私は出会う前のエル様のことを全然知らない。だから、今みたいなことを言われると、なにがあったのかって聞きたくなる。

でも、エル様が自分からこんなことがあったって言わないのは、あまり触れられたくないからなのかなって思っている。だから私から聞くようなことはしない。

もちろん、エル様が聞いてほしいって言うのなら、私は喜んで聞くつもりだ。そして、どんな事情でも受け止めて、エル様を支えるの。

今の私にそんな力があるかはわからないけど、ないなら身につけるだけ。もっと成長して、隣を歩けるくらいにまでなったら……きっと支えられるよね？

「それと、もう一つ大切な理由があってね。リリーがとても素直で素敵な女性だから、何を思っているのか知りたいって思うんだよ」

「ふぇ⁉」

「しまった、まだ大切な理由はあった。たくさん笑ってほしくて、ほかの人よりもよく見ているからね」

「あ、あの……」

「観察していれば、好きなものがわかる。そうすれば、忘れた頃を見計らってプレゼントもできる。してほしいこともすぐにわかる。まさに良いことずくめだと思わないかい？」

熱弁しているところ申し訳ないけど、私はエル様の賞賛攻撃によって倒れる寸前になっています。そろそろ勘弁してください。

「おや、どうしたんだい？　そんな真っ赤に熟れた果実みたいに顔を染めて。思わず触りたくなっちゃうじゃないか」

「ひゃん……！　あわわわ……！」

エル様は目を細めながら、私の頬を優しく撫でる。

一方の私は、ドキドキしすぎて完全にパニック状態になってしまっているせいで、変な声を上げてしまった。

「ふふっ、これ以上はリリーが持たなそうだし、続きはまた今度にしようか」

つ、続きって……一体今度はどんな嬉しくて恥ずかしくてドキドキするようなことを言われるんだろう……私、この先大丈夫かな……すごく不安だ。

「さて、いつの間にか食事もあらかた終わったようだ。リリーをドキドキさせてしまったお詫びと、食後の運動を兼ねて……湖の上を渡ろうか」

「み、湖の上を渡る？　そんなことができるんですか？」

「ふふっ、僕を見くびってもらっては困るな。厳密に言うと、水面ギリギリぐらいに沿って飛ぶような感じだよ」

エル様は少し自慢げに胸を張りながら、ニコッと笑ってみせる。

見くびるつもりなんて全くないけど……湖の上を飛ぶなんて、そんなすごい魔法が使えるのだろうか？

前に回復魔法の勉強ついでに、長い歴史の中でどんな魔法があったかを調べたんだけど、空を飛ぶ魔法ってすごく難しいって書いてあったはず。

でも、エル様は自分で魔法が作れるくらいだし……空を飛ぶ魔法が使えてもおかしくないのかな。私は魔法についてはまだまだ初心者だし、違ってる可能性も大いにあると思うけどね。

「水辺にいるだけでも結構涼しいから、湖の真ん中まで行ったらとても涼しいんじゃないかと思ってね。どうかな？」

「行ってみたいです！　空を飛んでみたいですし！」

「あははっ、そんな大層な魔法じゃないよ。水面に沿って飛ぶ感じだから、リリーが多分イメージしてる、鳥みたいなのはできないかな」

「それでもいいです！　あぁ、ワクワクしちゃう！」

「ふふっ、胸を弾ませ、キラキラと目を輝かせるリリー……なんて絵になるんだ」

「それじゃ早速……って、何独り言を言ってるんですか？」

「なんでもないよ。さあ、行こうか」

エル様は一声かけてから、なぜか私に背中を向けてしゃがみ込む。

えっと……一体これは私に何を求めているのかな……？

「僕が君をおんぶして空を飛ぶから。ほら、乗って」

「え、えぇ⁉」

おんぶって……あのおんぶだよね⁉　この前はお姫様抱っこをされて、今度はおんぶ⁉　私、この短期間でどれだけエル様と密着してるの⁉

はっ、これってこの上ない役得――じゃないよ！　何考えてるの私！

「もしかして、僕とリリーの身体を浮かせて飛ぶって思っていたかな？　ついでに言うと、おんぶで動揺してるね」

うっ……その通りすぎて何も言い返せない……

「残念だけど、そこまですごい飛翔魔法は使えないよ。でも、リリーがどうしても会得してほしいって言うなら、頑張って勉強するよ」

「そんな、エル様にはエル様の研究している魔法があるんですから！」

「あはは、優しいリリーなら、そう言うと思ってたよ。まあとりあえず背中にどうぞ。あ、それともお姫様抱っこの方がいいかい？」

「お、おんぶでお願いします！」

「それは残念だ」

飛んでみたいと言ってしまった手前、想像と違っていたからって断るなんて、そんな失礼な真似はできない。

でも、おんぶってことは……私が背中から抱きついてるようなもので……エル様にぴったり密着するってことだよね……お姫様だっこよりかは良いかもしれないけど……は、恥ずかしすぎる……！

「リリー？」

「は、はい！　すぐに乗ります！」

「……？　うん、焦らなくていいからね」

「し、失礼します」

緊張のせいか、なぜか私は深く一礼していた。それからエル様の首に両手を回して、背中に身体を預ける。

ふわぁぁぁ……わ、私……エル様に抱きついちゃったよ……今までに何回か抱きしめられることはあっても、自分から抱きつくことなんてなかったのに……！

どうしようどうしよう……エル様の背中おっきい……温かい……細いのに結構筋肉がある……うなじ綺麗……髪サラサラ……とてもいい匂いがする……

もう駄目かも……ここまで蓄積されたドキドキのせいで、そろそろ限界かもしれない。で、でも倒れるわけにはいかない。そんなことになったらエル様に心配をかけてしまう。そんなの嫌だし……なにより、エル様とのデー……こほん、ピクニックを台なしにしたくない。

「それじゃ、立ち上がるからしっかり掴まってて」

「ひゃい！」

……噛んだ。恥ずかしい。

私が更に恥ずかしさを積み重ねている間に、エル様は私をおんぶしたまま軽々と立ち上がる。私が落っこちないように、両足を抱えるように持ち上げた。

そんな時、私の頭の中に一つの最悪な考えが浮かび上がってきた。

――私、重くないだろうか？

「……リリー」

「な、なんですか!?　も、もしかして重いですか!?　そうですよねすぐに下りますごめんなさい！」

「いや、むしろ軽すぎるくらいでビックリしたんだけど……いつもお腹いっぱい食べてる？　僕を気にして遠慮とかしてないよね？」

「え？　してないですよ！」

エル様は私の惨めな頃の姿を知っている。だから、なるべく心配をかけないように毎日三食お腹いっぱい食べている。なのに、お肉は胸には一切行かずに、お腹周りやおしりにばっかり行っちゃって……

……お腹……おなか……？

って!!　この体勢、私のお腹を完全に押し当ててるよね!?　いやぁぁぁ!!　リリーのお腹って思ったよりぷにぷにしてるなぁ……とか思われたら、私もう生きていけないよぉぉぉ!!

「それならいいんだけどね。もしかしたら体型を気にしてあまり食べていないのかと思ってさ」

うっ……目を見られていないはずなのに……相変わらずバレバレすぎる……いやいや、ここはしっかり誤魔化さないと。

「大丈夫です！　毎日お腹いっぱいです！　はい！」

「ふふっ、そこまで言うなら本当なんだろうね。あっ……言っておくけど、仮にリリーが今と外見が大きく変わってしまっても、僕は変わらず君の傍に居続けるから」

「エル様……」

「さぁ、飛ぶよ」

「きゃあ！」

エル様は私に一声かけてから、湖に向かって軽くジャンプをする。

これから飛ぶって言われているんだから、大丈夫だとはわかっていても……思わず目をギュッと瞑りながら、エル様の首に回す腕に力を入れてしまった。

「リリー、大丈夫だよ」

「うぅ……」

ゆっくりと目を開けると、エル様の身体は本当に水の上を飛んでいた。

「水面ギリギリで飛んでる状態だよ。それじゃ、中央に向かっていくよ」

「わわっ……！」

そう言うと、少し前かがみになったエル様は、まるで氷の上を滑るかのように湖の中央へと向かって進んでいく。

エル様の言う通り、湖の中央に行くほど気温が低くなっているのか、ひんやりしていて気持ちが良い。それに加えて、水面に少し足がついてシャー……という水を切る音が、何とも心地いい。

「ふふっ、とても気持ちが良いね。リリーはどうだい？」

「すっごく気持ちいいです！」

「それはなによりだ。じゃあ……少し速度を出してみようか」

「え？　ひゃあああ!!」

エル様の言葉通り、ゆったりだったのがかなりの速度に変わった。でも、そのおかげでより風を感じられてとても気持ちが良い。

なんていうのかな……私も風になってるって言えばいいのかな。

「光り輝く水に囲まれて……すっごく綺麗……まるで二人しかいない、別の世界に来たみたい……」

「二人だけの世界、か……誰にも邪魔されない世界っていうのも悪くないかもね」

「駄目ですよエル様。二人だけになったら、お人形さん達や町の人達が悲しんじゃいます！」

「おっと、そうだったね。リリーとデートができて浮かれてしまっていたよ」

「あぅ……そ、そうなんですね……」

恥ずかしさで口ごもっていると、エル様はチラッと私の顔を見ながら、少し悪戯っぽい笑みを浮かべる。

か、顔が近い……！　湖もキラキラしていてすごく綺麗だけど、エル様の顔はそれ以上に輝いて見える。すごく幻想的に見えて……まるでキラキラな王子様みたいで……ドキドキしすぎてまともに顔が見られない。

うぅ……今見られないなら、後で見られるように保存できる方法があればいいのに……そんな魔法があったら便利なのにな。

「おや、ピクニックだって言わなくていいのかい？」

「あっ……私も……その、本当はデートって言われて嬉しかったですし……ごほんごほん！　この景色に免じて、今はデートで許してあげますっ！」

「ふふっ、そういうことにしておこうか」

……完全に口を滑らせてしまった。これじゃ私もデートで浮かれているように見えてしまう……実際にこれ以上ないくらい浮かれているけどね。

その後、湖の中央にまで行って湖を堪能し終えた私達は、先程の水辺に帰り、芝生の上に寝転んだ。

あ〜……気持ちいい〜……自然に囲まれて、こうやって空を見るのって最高だなぁ……はっ⁉

「きゅ、急に起き上がってどうしたんだい？」

「せっかく新しい服なのに、寝転んだら汚れちゃいます！」

「なんだそんなことか。そんなの洗えばすむ話だろう？」

「嫌です！　これはエル様がプレゼントしてくれた、大切な大切な物なんです！　安易に汚したくなかったのに……私の馬鹿！」

「大丈夫、見た感じ汚れてないよ。土を払えばすみそうだ」

「本当ですか？　良かったぁ……」

ホッとしたら、何だか身体から力が抜けちゃったよ。このままた寝転びたいけど、今度は失敗しないように、持ってきたシートをちゃんと敷いておかなくちゃ。

「これでよしっと……はぁ……幸せだなぁ……数年前の私がこんな幸せな日々が来るなんて知ったら、卒倒しちゃうだろうなぁ……こんな日々がずっと続くといいなぁ……」

「そうだね。僕もリリーとずっと一緒に、こんな幸せな日々を送りたいよ」

エル様は、私の隣に仰向けで寝転ぶと、なぜか私の手を握ってきた。

「……でも……エル様とずっと一緒にいたら……私、いつかドキドキで死んじゃうかもですよ？」

「ドキドキ？　どうしてだい？」

あれ、エル様には原因がよくわからないこのドキドキを話してなかったっけ？　ディアナには話したんだけど、それで満足して話した気になってたのかもしれない。

「はい。その、エル様と一緒にいるだけでも毎日ドキドキしちゃうのに、綺麗とか美しいとか言われると、身体中が熱くなって、更にドキドキして……」

「ふふっ、そうなんだね」

「嫌じゃないんです。嬉しい……と思うんですけど、ドキドキして、胸の奥がムズムズして……ダラムサル家にいた頃は、こんな経験はなかったから不安で……エル様、私は病気なんでしょうか……？」

「ナイショ」

ナイショって……どうしてエル様はそんなイジワルなことを言うの？　そんな人だと思ってなかったよ。

「病気ではないから安心していいよ。一応僕には、君のその現象に心当たりがあるけど、自分で気づいた方が、きっとリリーのためになるよ」

エル様もディアナと同じようなことを言ってる……二人が言うんだから病気じゃないんだろうけど……すごく気になる。

一体私は……どうしちゃったんだろう。

「そうだ、せっかく来たんだから、もう少し遊ぼうじゃないか」

「それは賛成ですけど、何するんですか？」

「それはね、この湖の上でダンスをするんだよ。ずいぶん前に話をしただろう？　リリーが僕の隣に立てるくらいの人間になった時って。もうその時が来たんだよ」

確かに、出会って間もない頃にエル様とそんな話をした覚えがある。

でも、それがまさか今出てくるのは、完全に予想外だ。

「でも、私ダンスなんて……」

「ダラムサルで教わらなかった？」

「は、はい……無能なグズに教える時間が無駄、その時間で掃除でもしてろって言われて……」

昔のことを思い出したら、気分が沈んできちゃった。もうダラムサル家とは関係ないのに、それでもまだ私を呪縛から解放してくれないようだ。

「そうか……すまない、嫌なことを思い出させてしまった」

「いいんです。今が幸せだから、私はそれで満足ですから」

「リリー……それじゃ、嫌な思い出を忘れるためにも踊ろうか。大丈夫、踊り方は教えるから」

「そもそも湖の上じゃ沈んじゃいますよ？」

私が止めようとする間もなく、エル様は私の手を引っ張って、再び湖へと赴く。

すると、今度は飛ばずに、水面の上を歩き出した。

「わぁ……すごい……！」

「リリーもおいで」

「わ、私にはできないですよ！」

「大丈夫、僕に触れている間は効果が共有されるから。さあ、僕を信じて」

エル様がそう言うなら、私に疑う余地はない——私はエル様の手を取り、そのまま湖の中に足を踏み入れる。

すると――私の足は水底へと沈むことなく、水面上で止まっていた。私が動くたびに、小さな波が生まれているのが、とても綺麗に見えた。

「ふふ、大丈夫だっただろう？」

「は、はい。大丈夫でした」

「さっきも言ったけど、僕が触れてる間は効果があるから、そこを気をつけてね」

「離したら……バシャーン！　ってことですよね？」

「そうだね」

そんなことになったら、今度こそこの服が駄目になっちゃう。それだけは避けないと！

「とりあえず、湖の中央が広そうだから、そこに行こうか」

「わかりました。離さないでくださいね！」

「大丈夫だよ。ん？　これってよく考えれば、合法的に手を繋ぐ、最良の方法……？　ふっ、僕は研究の末、見つけてしまったようだ。リリーと手を繋ぐ最良の方法を！」

「そんな研究しなくていいですから！　その、繋ぎたい時はいつでも繋いでいいですから……」

「何と、リリー本人のお許しが出た！　今までに考えていた案が三十ほど闇に葬られたが、これも仕方がないね」

「そんなに考えてたんですか⁉」

たまに何もしないで、椅子に座りながら物思いにふける時間があったけど、もしかしてそんなことを考えてたの？　私はてっきり、難しい魔法陣を考えてるものだとばかり……

「まあいいじゃないか。それじゃ早速踊ろう」

「は、はい。さっきもお伝えしましたけど、私踊れないですよ？」

「僕がリードするから大丈夫。リリーは綺麗に踊るんじゃなくて、楽しんで踊ってみて」

そう言うと、エル様は私の手を取ったまま、腰にそっと手を当てる。それは、話で聞いたことがある、社交界のダンスのポーズだった。

「ここで右……左……クルッと回るよ。足はもつれないようにすればいいからね。これはあくまで楽しむダンス。綺麗にならなくても、楽しければいいんだ」

「は、はいぃ！　えっと、みぎ、ひだり……」

最初は全然ついていけなくて、アタフタするだけだったけど、エル様のアドバイスを受けながらやっていたら、少しずつ動けるようになってきた。

す、すごい！　ダンスって楽しいかも！　しかもキラキラした湖の上がステージになってるせいで、周りがみんなキラキラに見える！

楽しくて、綺麗で、目の前には一番大切な人がいて……

「幸せだなぁ……」

今までの辛かった時代と比べたら、まさに天と地の差。私はダラムサルという地獄から、エル様と町の皆がいる天国に導かれたんだね。本当に……幸せだ。

「ふふっ……さあ、もっと幸せになろう。一緒に」

「はいっ！」

その後も、しばらくの間、私はエル様と一緒にダンスを続けた。

はっきり言って、私のダンスは見るに堪えないくらい、酷い出来だったと思う。でもとっても楽しかった。それに、この幻想的な空間で、私以上に輝いているエル様を、私は一時も目を離さずに近くで見られて、すごく幸せだった。

＊　＊　＊　＊

「あぁもう！　どうして上手くいかないのかしら‼」

忌々しい無能《姉》を追放して約二年ほど経ったある日、私は二人の使用人を連れて、屋敷の庭にある広場で魔法の開発を行っていた。

今行っているのは、新しい火の魔法の開発。元々私は風魔法が得意だけど、炎の魔法も使える天才だ。でも、天才の私でも魔法を自分で作ったことはない。

魔法の開発は歴代のダラムサル家のご先祖様でも、できた人は一人しかいない。

こういうイライラした時こそ、あの無能お姉様をいじめてストレスを発散したいわね。今だけ戻ってこないかしら？　本当に役立たずなんだから！

「おお、やっておるな」

「お父様！」

もう一度試してみようとした矢先、お父様に声をかけられた。

私は笑顔でお父様の元へと駆け寄る。

危ない危ない、きっとさっきの私は、お父様に見せられないような顔になってたわ。そんな顔を見られてしまったら、お父様に幻滅されてしまう。

「お仕事は終わったのですか？」

「一段落ついたから、愛しの娘が頑張っている姿を見に来たのだよ」

ふふっ、わざわざお忙しい中来てくれるなんて、お父様はお優しい方ですわ！　私、ダラムサル家に生まれてきて本当に良かった！

だって、お金にも地位にも困らないし、将来だって安泰。唯一のストレスだった異物も排除されてるし、これを幸せと言わないで何と言うの？

「ありがとうございます！　わざわざお越しいただいたのは嬉しいんですが……少し行き詰ってしまっていて」

「魔法の開発は至難の業。躓《つまず》くのは致し方ないことだ」

「ですが、私はダラムサル家の一人娘として、躓いてる暇はないのです！　もう一度やりますわ……お父様、隣で見ていただいてもよろしいでしょうか？」

「もちろんだとも」

私はお父様の前で、もう一度魔法を起動してみるが、普通の火の魔法の威力の範疇を超えられない。

やはりもう少し改良が必要？　そうなると、魔力の消費が大きくなってしまうけど、威力が上がる魔法陣を組み入れてみようかしら。

「我が娘よ。お前は天才的な魔法使いだ。今の魔法の術式も、一から作った物とは思えん完成度だ。だが、お前は魔法を使う際に少し雑になる癖がある。もう少ししっかりと魔力を溜め、それを一気に爆発させるようにやってみなさい」

「わかりましたわ！」

お父様の言う通り、私は魔力を限界近くまで溜めに溜めてから……一気に解き放とうとする。

この感じ……今までと違う！　これはもしかして成功したんじゃないかしら!?

「まだだ、もっと溜めてから爆発させるのだ！」

「はいっ!!」

やっぱり私は優秀……ううん、天才ね！

魔法を自分で作ったとなれば、世間は私を崇《あが》め奉《たてまつ》る！　王家の方々も私を褒め称えて、特別扱いしてくれるに違いないわ！　私は幸せを掴んだも同然ですわ！

「はぁぁぁぁぁぁ!!」

「おぉ、さすが我が愛しの娘！　成功――」

私が魔法を放った瞬間、周囲は凄まじい光と爆音に包まれて……突然目の前が真っ暗になった。

第三章　再会と別離

「ふぅ、カトリーヌさん、もう大丈夫ですよ」

「ありがとう、リリー」

エル様と湖デートをした日から一カ月後、私はいつも髪を切ってもらっているカトリーヌさんのお店で、彼女の腕の怪我を治療していた。

どうやら捻挫をしてしまっていたみたいで、このままだとお店を休まなくてはいけないから、私にお願いしてきたみたい。

ちなみにだけど、回復魔法を使うのはエル様から許可を貰っているから、勝手に使ってるわけじゃないよ。

「それにしても、リリーが回復魔法を使えるって噂は本当だったのね。驚きだわ」

「はい。この話を聞いた人は、みんな驚くんです」

「でしょうね。小さな町だからなのかもしれないけど、使える人なんて見たことがないもの」

カトリーヌさんは口に手を当てながら、上品に笑ってみせる。

どうしてカトリーヌさんが私の回復魔法を知っているのか。それは、意識がなかったレオナール様が急に元気になって町を歩いているのを見た人が、本人やディアナに事情を聞き、そこから私の話が広まったみたい。

この町はみんなが家族みたいに仲がいいから、普通の町よりも噂が広まるのが早かったのかもしれない。

その結果、たまにこうして治療をお願いされる。

とはいっても、私が回復魔法を使うと酷く疲れてしまうのも広まっているようで、本当に困っている時にしか頼まれないし、頼まれてもすごく申し訳なさそうに言われるの。

心配してくれるのは嬉しい。でも、ここ最近で回復魔法を使う機会が何度かあったおかげで、魔法を使うのに慣れてきたのか、以前ほど疲れなくなってきてるんだよね。

ちゃんとそのことは言ってるけど、みんな優しいから心配してくれるし、遠慮もしてくれる。

それに、私はこの町の人達にすごく良くしてもらったし、たくさんの恩があるから、その恩返しにいっぱいこの力を使いたい。遠慮なんてしてもらいたくないっていうのが、私の本音だったりする。

あと、治療のお礼としてお金を払おうとする人がいるんだけど、それも丁重にお断りしている。お金を貰ったら、それは恩返しじゃなくて、ただのお金儲けになってしまうからね。

「そうだ、リリーはこの後は暇かしら？」

「そうですね……あとはお買い物をして帰るだけですね」

「なら、ちょっとだけ時間をくれないかしら」

「いいですよ」

急にどうしたんだろう。もしかして、ほかにも治してほしい人がいるとか？　そう思っていると、私はカトリーヌさんの仕事場へと連れてこられた。

「えっと、髪を切ってくれるんですか？　でもまだそんなに伸びてないですよ……？」

「そうね、いつもはもうちょっと伸びてから来てくれるわよね」

今の私の髪は肩より少し長いくらいだ。いつもは背中の真ん中より長くなると切りに来てるから、ちょっと切るには早い。

「まあ任せておきなさい」

「は、はい」

髪を切るのかと思っていたら、カトリーヌさんは私の髪のセットを始めた。

私の今日の髪型、そんなに変だったかな。寝癖もハネもなかったし、普通に下ろしていただけなんだけど……

そんな不安を感じながら過ごすこと、三十分――私の頭は見たことがない髪型になっていた。説明がしにくいんだけど……編み込まれた髪をカチューシャのようにしている髪型だ。

それに、カトリーヌさんは私にお化粧までしてくれた。おかげで、鏡に映る私の姿は、いつもと全然雰囲気が違っている。

「どうかしら」

「とっても綺麗です！」

「そう言ってもらえて良かった。きっとエルネストも綺麗だって言ってくれると思うわ」

エル様に……うん、きっとあの人ならすごく褒めてくれそうだ。今日は家で依頼された魔法人形の作成をしているから、別行動なのが悔やまれる。

この場にいてくれれば、きっとたくさん褒めてくれただろうなぁ……残念。

「あの、お代は……」

「お礼なんだからいらないわ」

「でも、髪のセットだけじゃなくて、お化粧までしてもらったのに……」

「いいの。本当だったら治してもらった私がお代を出すのが筋なんだし」

「そ、そんな！　貰えないです！」

「って言うでしょう？　だからこれがお返し」

鏡に映るカトリーヌさんは、とても素敵な笑顔だった。

うー……やっぱり申し訳ないなぁ……

でも、これ以上言ったら逆に失礼になってしまいそうだし、カトリーヌさんの厚意を素直に受け取ろう。

「カトリーヌさん、ありがとうございました！」

「こちらこそありがとう、リリー」

この姿を早くエル様に見せたいという気持ちを抑えきれなかった私は、カトリーヌさんのお店を飛び出すように後にした。

「早くお買い物をすませてお家に帰ろっと。えーっと、買う物のメモはっと……あっ、ありがとうお人形さん」

来る前に書いてきたメモを取り出そうとすると、私のポケットに入っていたお人形さんが、ひょっこりと顔を出してメモを渡してくれた。

どうしてお人形さんと一緒にいるかというと、エル様が一緒にお出かけできない時に、僕の代わりに絶対に連れていってほしいと、最近お願いされたからだ。

……そういえば、どうしてお人形さんを連れていってほしいなんて言うんだろう？

「いつから言うようになったっけ……？　確か、私がレオナール様の治療をした後くらいだったような……？　考えても仕方ないよね。さぁ、お買い物お買い物っと」

私はいつもお世話になっているお店で食材や日用品を買い込む。買うものがたくさんあったというのもあるけど、いつもより安かったからたくさん買っちゃった。おかげで紙袋で両手が塞がっている。

「お、おもっ……」

「リリーちゃん、大丈夫かい？」

「だ、だいじょーぶでーす……！」

お店の店主さんに心配されちゃった。少しよろよろしながらも、何とか町の外に行くことはできた。あとは森の入口にある転移魔法陣に乗れば帰れる。

「い、いつもならそんなに遠く感じないのに……さすがに重くて辛い……」

まだお家まで距離はあるのに、ちょっぴり腕がプルプルしてきた。

でも、一生懸命お人形さんを作っているエル様のためにも、私が頑張らないと。

そんなことを思いながら歩いていると、遠くでかなりの速度を出して走っている馬車が目に入った。

あんなに速度を出したら危ないいんじゃないかな？　事故に遭わないといいんだけど……って、こっちに向かってきてる⁉

「きゃっ！」

そのままの速度で近づいてきた馬車に驚いてしまった私は、思わずその場で目を瞑りながら悲鳴を上げてしまった。

……痛いところはないし、音も聞こえない。ということは、馬車は無事に停まったのかな？　良かった、あんな勢いの馬車にぶつかられたら、怪我じゃすまなかったよ。

「すまない、少々尋ねたいのだが」

「その服……ダラムサル家の近衛兵⁉」

馬車から降りてきた男の人達は、もう思い出したくないもない……ダラムサル家を守る近衛兵の服装だったせいで、思わず声を荒げてしまった。

一方で、近衛兵の人達は、自分達の素性を一目で言い当てられると思っていなかったのか、少し戸惑っていた。

「……この町にいるという、回復魔法の使い手を探している。どこにいるか知っているか？」

「え……わ、私です……」

近衛兵の人達を見ていたら、昔のことを思い出して緊張してしまう。思わず言葉を詰まらせてしまった。

……どうしてこの人達は、私の回復魔法を知っているんだろう？

「そうか、すぐに見つかったのは好都合。我々と一緒に来てもらおうか」

「え……急になに⁉」

馬車から降りてきたほかの近衛兵達は、一瞬で私を取り囲んで逃げられないようにした上、腕を強く掴んできた。

これは、明らかに普通じゃない！　早くここから逃げないと！

「離して！　助けてエル様‼」

「うるさい女だ。静かにさせろ」

「はっ！」

「なに……急に眠く……える、さま……」

何とか逃げようとしたけれど、私は謎の強い睡魔に襲われてしまい……そのまま意識を失ってしまった――

＊　＊　＊　＊

「うっ……」

ガタガタと身体が小刻みに揺れる感覚に反応するように、私は目をゆっくりと開ける。

ここは……馬車の中？　私……もしかして誘拐されちゃった……？

ど、どうしよう……早く逃げなくちゃ！

「……っ！」

ダメだ、両手と両足を縄で縛られてるせいで動くことができない……私もエル様みたいな、すごい雷魔法とかが使えれば、簡単に逃げられるかもしれないのに。

「目を覚ましたか……もうすぐ到着する。それまでは大人しくしていろ。余計な抵抗をしたら……わかってるな？」

「………」

私の近くに腰を下ろしていた近衛兵は、腰に収められている剣の鞘を握りながら、脅すようなことを言った。

どうしよう……ううん、きっとエル様なら、私の帰りが遅くなったら、心配して探しに来てくれるはず。

実は、以前いつもより買い物に時間がかかってしまった時、町まで迎えに来てくれたのだ。それも一度や二度ではない。

きっと今回も、エル様は帰りが遅いのに気づいて探しに来てくれるはず……それで、町にいなかったら不審に思ってくれると思う。

だから、今の私にできるのは、この人達に素直に従って時間を稼ぎ、エル様が助けに来るのを待つことだ。

……不思議だね。エル様がきっと助けに来るって思っただけで、さっきまで感じてた恐怖がどっか行っちゃった。それくらい私の中で、エル様の存在って大きくなっていたんだね。


「着いたぞ。降りろ」

「……え？」

目を覚ましてからしばらく馬車に揺られていると、目的地に着いたようだ。

拘束を解かれた私は、なかば無理やり馬車から降ろされた。

一体どこに連れてこられたんだろう。そう思いながら外の景色を見た私は、思わず固まってしまった。

なぜなら……目の前にあったのは、ダラムサル家のお屋敷だったからだ。ダラムサル家の近衛兵に捕まったのだから、屋敷に連れていかれるのは、当たり前と言えば当たり前だけど。

それにしても、何で今更私を連れ戻しに来たの？　私をまたここに住まわせるため？

いいや、それはないね。仮にそうだったとしたら、近衛兵が私に回復魔法の使い手を探してるなんて言わないで、リリー・ダラムサルを探してるって聞けばすむもの。

そうなると、私の回復魔法を目的として誘拐したって考えるのが妥当……？

回復魔法が必要なくらい、酷い怪我や病気をした人がいるのかな……？

「――――」

私を心配してくれているのか、お人形さんがポケットの中で私の足をつついていた。

大丈夫よ、きっと私達はお家に帰れる。それまでポケットの中で大人しくしていてね――そう心の中で思いながら、私はポケットの中に手を入れると、お人形さんを優しく撫でてあげた。

「回復魔法の使い手を連れてきました」

「ありがとうございます」

屋敷の入口の前まで行くと、見覚えのある若い男の使用人が出てきた。

この人にも、ずいぶんといじめられてきたんだよね……これは一例だけど、ほんのちょっと床に汚れが残っているのを見つけたこの人が、ほかの場所を掃除していた私を怒鳴りつけ、私の足元にあったバケツに入っていた水を、頭から被せてきたことがある。

本当に思い出したくもないよ……結局ずぶ濡れのまま掃除させられて、風邪を引いちゃったんだよね……

「あとは私がご案内いたしますので」

「はっ！」

使用人がそう言うと、近衛兵達は馬車に乗ってどこかへと去っていった。きっと別の持ち場に行ったのだろう。

「兵士達が手荒な真似をして申し訳ございませんでした。一刻を争う状況でして……いえ、それはこちらの都合でしたね。お怪我はありませんか？」

「……はい」

どうやら私に気づいていないのか、執事は礼儀正しい態度を取る。

この人、こんな態度を取れたんだ。初めて知ったよ。

「どうかしましたか？」

「いえ。それよりも私はどうしてここに？」

「それはご案内の最中にご説明させていただきます。どうぞこちらへ」

私は使用人に連れられてお屋敷の中に入る。中は私がいなくなった時と、特に変わってはいないみたい。

あそこの壁のシミ、私が叩かれて壁に叩きつけられた時に、血が飛んでできたやつだ。あ、あの絵の縁の傷が直ってる。私がドジしてちょっとだけ傷をつけちゃったのに。

「実は以前、魔法の開発をしていた際に、爆発事故が起きて何人もの負傷者が出ました。治療を試みましたが、王都の医者でも、すぐに完治させることはできないようです。ですが……怪我人の中には、数日後に開かれるパーティーに出席しなければならない方がいるのです」

大切なパーティーに……ってことは、怪我をしたのは……

「そんな時、ここから遠く離れた小さな田舎町に、回復魔法の使い手がいると王都で噂になっていまして。藁にもすがる思いでお連れしました」

「それが私？　どこからそんな話が……」

「商人が田舎町で話を聞いて、それを王都に持ち帰ったようです」

なるほど、確かにいろんな場所を行き来する商人さんなら、噂を広められるだろう。一体町の誰が話を広めたんだろうって思っちゃった。

「それで……その、怪我した人って」

「こちらです」

使用人に通された部屋には、広い部屋にベッドが置かれていた。そのベッドの上には、痛々しく包帯を巻かれた人が、四人横たわっている。

包帯がグルグルでわかりにくいけど……私にはわかる。怪我をしたのはお父様とシャロン、それと、私に無理やりからっぽの皿を給仕させた執事長と、シャロンと一緒にいつも私を貶していたメイドだ。

「失礼します、旦那様」

「おぉ……連れてきたか……」

そう言いながら、お父様は私をジッと見つめる。

さすがにこんなに顔を見られたら、私がリリーだって気づくだろう。

そうしたら……どんな反応をするのかな？　回復魔法なんてものが使えてすごいって褒めてくれるかな？　認めてくれるかな？

「貴様が聖女か……なにを、そこでぼーっと突っ立っている……早く治さんか……」

「…………」

「ふん、冴えない女だ……親の顔が見てみたいわ」

「え……気づかないんですか……？」

「何のことだ。余計なことは言わずに……さっさと回復魔法を使わんか」

……そっか……お父様は私がリリーだって気づかないんだ。

そうだよね……お父様の中で、私は追放されて死んでいることになってるもんね……

それに、無能だった私が回復魔法を使えるなんて思うはずがない。

ここにいる時はずっと前髪で顔が隠れていたし、あの時と比べて少しは大きくなっているし、お化粧もして雰囲気が変わっているから、気づかないのも無理はないかもしれない。

でも……でも、十五年も一緒に住んでいたのに、娘の顔がわからないなんて……それくらい私のことなんて、どうでも良かったんだね。

「……まずは全員の状態から確認させてもらいます」

「ふん……さっさとやれ！」

思った以上に元気なのか、それとも空元気なのかはわからないけど、声を張るお父様を尻目に、順番に怪我人を見る。

どれも共通しているのが、酷い火傷を負っているということだ。手当てはされているけど、多分回復魔法じゃないと、完治するのにかなりの時間を要すると思う。これでは数日後のパーティーには、到底間に合わないだろう。

中でも特に酷いのはシャロンだ。身体中が火傷だらけで、顔に至っては半分が焼けてしまっている。そのせいで、かつての美しい顔は見る影もない。

「はぁ……はぁ……痛い……熱い……あ、あなたが聖女……？」

「はい、そうです」

「なら……早く治しなさい……！　私は……王家との結婚を控えているの……こんなところで死ぬわけには……！」

「………」

結婚……それって、きっと元々私がするはずだった結婚だよね……どうしてさも当然のように自分のものなんですって感じで言えるんだろう。

「早く、治しなさい……！」

「何を言っているシャロン……当主である私からに決まっているだろう……」

「私の方が優先されるべきですわ……！」

「…………」

……私、こんな醜い人達のために、虐げられても頑張ろうって思っていたんだ。

なんだろう、最初は家族なんだから助けてあげたいって、ほんのちょっぴり思ってたけど、こんな身勝手で醜いものを見ていたら、急激にその気持ちが薄れてきちゃった……

「……とにかくさっさと治さんかグズ……それともできないと言うのか⁉」

「いえ……でも、これほど酷い怪我の治療は初めてです。私の魔力量では、おそらく数日で一人の治療をするのが限界です」

今までの経験だと、私の回復魔法は、相手の怪我の度合いによって消費する魔力の量が異なり、魔法を使った後の疲労度もそれに伴ってかなり変わる。

それに加え、私が治したいって思う気持ちにも大きく左右される。

いくら魔法を使うことに少し慣れてきたとはいえ、これほど酷い怪我……それに、醜いやり取りを見せられて嫌な気持ちにさせられている状態で、一日で完治させるってなると、良くても一人治療したところで倒れてしまうだろう。下手したら治療が終わる前に倒れる可能性もある。

「なっ……それならなおさら私の治療を……！」

「いや、私から……違うな。貴様が何とかして、一度に二人治療しろ」

「一度に二人なんて……できません。ごめんなさい」

「できないじゃなくてやるんだ！　はぁ……はぁ……貴様を見ていると、昔死んだ無能を思い出して腹が立つ……」

それって……私のことだよね……やっぱりお父様の中での私は、いまだに無能なグズのままなのかな……酷く悲しくなってきた。

それに、お父様もシャロンも互いを蔑ろにしているどころか、ほかにも怪我をしている使用人が二人もいるのに、そっちは見向きもしていない。

どうしてそんな酷い真似ができるの？　一緒に住む家族なのに、自分よりも家族を優先しないの？

少なくとも、私とエル様が同じ立場になったら、私は迷わず自分のことなんてどうでもいいから、エル様を先に治してと言う絶対の自信がある。

「……やらないなら、無理やりやらせるだけだ」

「ひっ……」

背後から伸びる剣先が、首筋に軽く触れる。

どうやら後ろに立っていた近衛兵から剣を突きつけられているみたい。

「この場で首を刎《は》ねられたくないだろう？　嫌ならさっさと治療しろ……」

きっとこんな大怪我をした人を二人も治療したら、私はタダではすまないだろう。良くて気絶か……下手したら衰弱して死んじゃうかもしれない。

でも、やらないと……お父様の性格なら、本当に私の首を刎ねてもおかしくない。

もう……駄目なのかな。私は最後までこの人に苦しめられて死んじゃうのかな。

……ううん。エル様は絶対に助けに来てくれる。それまで時間を稼がなきゃ……できるだけ時間をかけて魔法を使えば、少しは引き延ばせるかもしれない。

絶望的な状況だけど……泣くのはもう二年前までにたくさんしたじゃない。

頑張れ、私。この二年で、自分なりに強くなって、エル様の隣に立つために頑張ってきたんだ。こんなところで絶対に死なないんだから。これからも生きて、エル様と一緒に過ごすんだから！

そう思った瞬間、バンッ！　という音が入口の方から聞こえてきた。

「た、大変です！　謎の魔法使いが襲撃――」

「なっ⁉　何者だ貴様――」

今度はバチバチという音の後に、ドサッという何かが倒れる音が後ろから聞こえてきた。

バチバチって音……もしかして……！

「ふふっ、ずいぶんとこぢんまりしたパーティー会場だね。さて、僕の大切な人が招待されたのは、ここで合っているかな？」

私の首元にあった剣がなくなったタイミングですぐ後ろを確認すると、そこには二人の近衛兵が倒れていた。

そして……代わりに立っていたのは、私が信じて待ち望んでいた人だった。

「侵入者だと……!?　兵士達は何をしている……！」

「ああ、彼らには眠ってもらってますよ。安心してください、殺してはいません。彼らはあくまで、身勝手な主君に命令されたから行動しているのであって、悪意はありませんから」

お屋敷に侵入してきた男の人――エル様は、いつものように優しく微笑みながら、お父様に応える。でも、その目は一切笑ってはいなかった。

「エル様……！」

「ごめんね、助けに来るのが遅くなっちゃって……」

「いいんです。私……エル様が助けに来るって信じてましたから……！」

安心感と嬉しさを抑えきれなくなってしまった私は、エル様の胸に勢い良く飛び込んでしまった。

そんな私を、エル様は一切拒否せず、優しく抱きしめてくれた。

ああ、エル様はやっぱり来てくれた。まるでお伽話に出てくる王子様みたい。

「でも、どうやってここがわかったんですか？」

「君についていかせていた魔法人形に、ちょっとした魔法を施しておいたのさ。君の身に何かがあった時に、人形から僕の元に連絡が来るようにしておいたんだ。もちろん、居場所もわかるようにした。いつか君の魔法を求める愚か者が現れるかもしれないって思ってね」

エル様は私の頭を優しく撫でながら、ゆっくりとした口調で説明をしてくれた。

なるほど、だからここ最近、急にお人形さんを一緒につれていかせていたんだね。

さすがエル様……先のことを見据えている。

「本当は僕がずっと一緒にいられれば、こんなことには……本当にごめんよ……」

「エル様はなにも悪くないです。私のためにいろいろと準備をしてくれてありがとうございます」

エル様は私の付き人でも、護衛でもないのだから、ずっと一緒にいて守ってもらうなんてできないのはわかっている。

なのに、エル様はこんなに申し訳なさそうにしていて……私の方こそ申し訳ない気持ちで一杯になってしまう。

「侵入者め！　死ねえええええ!!」

「え、エル様!!」

エル様との再会を喜んでいると、その隙を突くように、別の近衛兵がエル様に斬りかかってきた。

その刃がエル様に触れたかどうかというところで、突然エル様の身体から発生した雷によって倒された。

「無駄だ。そんな剣をいくら振ったところで、永遠にその刃は僕の胸を貫くことも、首を刎ねることこもできない」

「小癪な……！　私の邪魔をするな……！」

お父様は腕を震わせながらも、何とか掌を私達の方に向けると、炎の球体を作り出してまっすぐに撃ち込んできた。

しかし、その球体は私達に当たる前に、何かにぶつかってしまい――そのまま消滅していった。

すごい……いくら弱っているとはいえ、お父様は名門ダラムサル家の当主を任されるほどの実力者なのに。一体エル様の本気の魔法の実力って、どれほどのものなの？

「やれやれ、こんなところで炎の魔法なんて使ったら、火事になってしまいますよ」

「エル様……今のは？」

「魔法を防ぐ障壁ってところかな。それよりも……人形を通して会話を聞いていましたが……昔から変わりませんね、ダラムサル卿。実の娘をまた殺すおつもりですか？」

昔から……やっぱりエル様は、お父様を知っている？　私の境遇を話した時も、エル様はダラムサル家を知っている感じだったし……一体エル様って何者なの……？

「また……？　貴様、何を言っている。私は一人娘であるシャロンを殺したことなど一度もない」

「あなたにはもう一人、大切な娘がいたはずです」

「後にも先にも、私の娘はシャロンだけだ」

「そうよ……ダラムサル家の子供は、私だけですわ……」

私はお父様の中で、元々いなかった存在として扱われている。

その事実があまりにも悲しくて……涙が零れ落ちそうになった。

そんな私を守るように、私を抱きしめるエル様の腕に力が入る。

「お会いしたのは、僕が幼い頃に、社交界で一度だけですから、覚えていないのも無理もないですね。話を戻しましょう。ダラムサル家にはもう一人……リリー・ダラムサルという、とても素晴らしい女性がいたはず」

「……リリー？　あぁ……あんなに無能で家の恥さらしであり、この名誉ある家に生まれたことが罪な奴を素晴らしい女性とは、とんだお笑い種《ぐさ》だな。そもそもあの無能は、とっくに死んでいる」

「生きていますよ」

「そんなはずはない。あの無能はこの家から追放した。生きていられるはずがない」

お父様が私の死を疑わない気持ちはわかる。何も魔法が使えない私が、何も持たずに森の奥深くに放置されたら、生きていられるわけがないもの。

「……私……ずっと、ここで働かされていました」

「なに……？」

「毎日毎日……どれだけ無能と言われても、叩かれても、汚い小屋に住まわされても、ご飯がほとんど食べられなくても、いつかは認めてもらえるんじゃないかって……愛してもらえるんじゃないかって……休みなく働いていました。でも、やっぱりお父様は……シャロンしか見えていなかったんですね……」

ぽつりぽつりと過去の出来事を話すと、そこでようやくお父様とシャロンは私の正体に気づいたようで……ものすごく驚いた表情を浮かべた。

「そうか……よく見たらその忌々しい顔と声……生きておったとはな……ふん、あまりにも雰囲気が変わりすぎて、全くわからんかった。まるで害虫のような生命力だな」

「お父様……」

「お姉様が生きていたなんて……そうだわ、お父様や私に育ててもらった恩を、ここで返しなさい……！」

「そうだな……十五年も無能な貴様を置いてやった恩は計り知れないだろう。さあ、今こそ恩を返す時だ。無事に治せた暁《あかつき》には、この屋敷に戻ることを許そう」

「え……？」

確かにここに住まわせてもらい、貧相だったけど、ご飯や寝床、着るものを与えてもらっていたのは事実だ。それにここで治療を行えば、私を認めてくれて、愛してくれるかもしれない。

でも……それ以上に、私はお父様達に酷いことをされて育った。そこに恩を感じ、命を懸けて治療しろというのは、さすがに無理がある。

そして、なによりも……私は醜い家族に認められるよりも、エル様と生きる未来を選びたい。

「十五年間、屋敷に置いてくれたことには感謝しています。でも……今の私は、お父様達を命を懸けてまで治療することはできません。ごめんなさい」

「なっ……!?　この親不孝者め……！　自分が何を言っているかわかっているのか!?」

「散々リリーに酷い真似をしておいて、恩着せがましいことを言うなんて、傲慢ですね。まあ……昔から国王と共にずいぶんとあくどいことをしていたダラムサル卿なら納得ですが」

「……なぜ貴様がそんなことを知っている……？」

「なぜ？　僕のことも覚えておられませんか？」

二人の会話が気になった私は、エル様とお父様の顔を交互に見る。

エル様の表情は冷静なままだったけど、一方のお父様は目を大きく見開き、何かに驚いているような表情を浮かべていた。

「その顔……そんな……まさか……そんなはずはない、奴は確かに処刑されたはずだ！」

処刑……？　なんだか急に物騒な話になってきたけど……一体どういうことなの……？

「あれは僕ではありませんよ」

「どうやって逃げたというのだ……離宮の部屋には、魔法に対する障壁があったはず！　破壊して逃げるなどできなかったはずだ！」

「あれは厄介でしたね。仰る通り、得意の雷魔法で破壊する方法が取れなかった。だから処刑の直前に、僕は自分そっくりの魔法人形を作って身代わりにし、その隙に逃げただけです」

「何ということだ……」

お父様は傷だらけの身体を起こすと、エル様に向かって震える指を向けた。

「まさか処刑を免れておったとはな……王家の第二王子……セレスタン・ソレイユ！」

「王家……？　第二王子……？」

お父様が言っていることを理解できなかった私が、呟きながらエル様を見つめると、エル様は少し困ったような笑みを返してくれた。

「さすがにこれ以上は隠せないか……ごめんよ、今まで隠していて」

「ほ、本当なんですか……？」

「ああ。僕の本当の名はセレスタン・ソレイユ……現国王の実の息子なんだ」

え、エル様が国王の息子って……じゃあエル様は本当に王子様なの……!?

ちょっと待って。エル様の言葉を疑うつもりはないけど……仮に本当に王子様なら、どうして王宮に住まずに、あんな森の中のお家に住んでいたの？　それに……処刑ってどういうこと!?

「リリー、貴様はその男が大罪人とわかって一緒にいるのか？」

「大罪人……？」

こ、今度は大罪人って……混乱しすぎてよくわからなくなってきた。

「ふん、貴様のような無能が知るはずもないか……良いだろう、教えてやる。この男は賊を使って、国王の暗殺を企てたのだ」

「あん、さつ……？　嘘です！　エル様がそんなことをするはずがありません！」

「愚か者め。私は嘘など言っていない……」

エル様がそんな酷いことをするはずがない。私はそう信じている……だけど、エル様の真剣そうな表情を見てしまうと、本当なんじゃないかという考えが頭をよぎってしまう。

「ずっとリリーをこの屋敷で働かせて、外の世界との繋がりを絶っていたあなたが、よくもリリーが知らないのが悪い、みたいに言えるものですね。虫唾《むしず》が走る」

「エル様、お父様の言っていることは本当なんですか……？」

「当たらずといえども遠からず……かな。僕は嵌められたんだ」

そう前置きをしてから、エル様はゆっくりと自分の過去を話し始めた——

＊　＊　＊

今から二十二年前、僕は第二子として、現国王と妃の間に生まれた。

セレスタンと名付けられた僕は、幼い頃から王族として恥ずかしくないように、さまざまな英才教育を受けて育ったんだ。

そんな中、僕は五歳の頃に魔法の才能に目覚めた。その魔力は幼いながらにとても高く、三つ上の兄上を容易く凌駕《りょうが》するくらいだったと、周囲の人間達が騒いでいたのをよく覚えているよ。

ほかにも、学力や社交界でのマナーといったものも、気がついたら兄上を超えていた。

そんな僕が大人になった時に、いろいろと良くしてもらいたいと思っていたのかな——社交界では、貴族達が僕のご機嫌取りに躍起になっていたんだ。

毎回必死にご機嫌取りをする貴族を見ていて、僕は思ったんだ。

——この人達は、誰一人として僕を見ているわけじゃない。僕の中の才能を、自分達の利益とするために行動している。なんて身勝手で、愚かな人間なんだろう、とね。

そう思うと、他人なんてどうでも良くなった。そして、僕は自室に籠もり、魔法の勉強と研究にのめり込んだ。僕は孤独を選んだんだ。

まあ、偉そうなことを言っているけど、唯一僕を慕ってくれていた従者には甘えていたし、魔法人形を作る魔法をいち早く覚えて即座に作り、ずっと人形と一緒にいる時点で……僕も物語の登場人物のような、助け合える友達や親しい人が……欲しかったのかもしれない。

人形を作った僕は、従者と相談をして、人形にエルネストと名付け……僕が十五歳になるまで、三人で静かに暮らしていたんだ。

——そんな僕の才能や態度が、兄上は許せなかった。

いずれ第一王子として国王になるはずの自分よりも、後に生まれてきた僕の方が才能があるなんて、プライドが許さないだろうし、もしかしたら国王の座を奪われてしまうかもしれない……そう考えたんだろう。

だから、兄上は僕を消そうとした。その方法は、国王の暗殺を自作自演し、僕に罪を擦り付けて処刑する、というものだった。

なに、方法はそこまで凝ってはいない。兄上が秘密裏《ひみつり》に賊を雇い、国王を暗殺させようとしたのだ。

恐らくだけど、多額の金を渡すとでも言ったんじゃないかな。国王がいなくなれば、自分が早く国王の座につけるし、僕も処理できて一石二鳥だからね。

まったく、野心だけは一人前で困っちゃうよ。

そうして計画は滞りなく実行に移された。賊は王宮に忍び込んだが、あらかじめ見張っていた兄上と兵士によって、一人だけ残して惨殺された。

残った一人には、自分達が国王を殺しに来たこと、首謀者は第二王子である僕だと証言させ、そしてろくに調べもせずに殺した。

こうして僕は、国王殺しの濡れ衣を着せられた。悲しいことに、僕は基本的に自室に引きこもって魔法の研究に勤しんでいたから、僕がやっていないと証言できる人がいなかったんだ。

それに、まさか第一王子が嫉妬に駆られ、僕を嵌めようとしたなんて、誰も思わないだろうしね。

それでも僕は、自分はやっていないと証言をした。従者も僕の無実の罪を晴らそうとしてくれたが……表向きは社交的な兄上と、自室に引きこもって魔法の勉強しかしない陰湿な僕……両者を見比べた国王は、兄上を信じ……僕に処刑を言い渡した。

元々僕よりも、兄上の方を愛していたから、こうなるのは何となく察していたけどね。

そうして処刑が決まった後、僕は魔法に対する障壁が張られた離宮の小さな部屋に幽閉された。

その時の僕は、もう全てを諦めて処刑される気でいた。

どうせ生きていても目的なんてないし、希望もないと思ったからね。

でも……従者だけは僕が生きることを諦めていなかった。

彼はどこかで手に入れた事件の真相を僕に伝えると共に、泣きながら僕に訴えたんだ。

――僕にも必ず生まれてきた意味がある。僕を必要とし、心から慕ってくれる大切な人が必ず現れる。だから……こんなところで屈してはいけない。這いつくばってでも生きて、とね。

そんなわけはないと思っていた。

でも、従者の涙ながらの訴えは、確実に僕の心を動かしたんだ。

それから間もなく、従者は僕よりも先に処刑された。明確な理由を知ることはできなかったけど、僕に真実を伝えたことがバレてしまったのが原因だと思っている。

悔しかった。激しい憤りを感じた。

そして……僕は従者の最後の言葉通り、生きようと決意した。それが、僕ができる彼への弔《とむら》いだと思ったからだ。

とはいえ、部屋には魔法に対する障壁が張ってあり、破壊したり、逃げたりするのは不可能な状態だった。

僕は絶望した。やはり僕には生きのびることなんてできないんだと。そして自分の力のなさに絶望したんだ。

そう思っていた時に、人形のエルネストが僕に言ってくれたんだ。自分を僕そっくりに作り直し、それを身代わりにして、ここから逃げてくれと。

もちろん僕はそれを拒否した。世界でただ一人の友人を犠牲にするだなんて、そんな惨いことしたくなかった。

だが現実は甘くない。従者の願いを叶えるためにエルネストを犠牲にするか、エルネストを生かして従者の願いを忘れるか……その二択しかなかった。

僕は悩んだ。それこそ、処刑の前日まで毎日悩み、眠れぬ日々を過ごし、涙で枕を濡らし続けた。

そんな僕を救うように、エルネストは僕にアドバイスをしてくれた。どうせ僕が処刑されれば自分も破棄されるから、気にせず自分を犠牲にしろとね。

確かにその通りだとは思ったよ。それでも……僕は決断ができなかった。

そんなことをしてる間に、ついに訪れた処刑当日。

結局決めきれずにいた僕を無理やり救うために、エルネストは自ら僕そっくりに自分を作り直した。どうやら彼は、僕の勉強を隣で見続けて、人形をどう作るかを学んでいたそうだ。

動揺する僕を、エルネストは無理やりベッドの中に隠して……彼は迎えに来た兵士に連れていかれた。

そこまでしてもらって、ようやく決意した僕は、込み上げる涙を必死に堪えながら何とか城を脱走した。

今思うと、相当博打《ばくち》な手だったと思う。でも、処刑後は不要と思っていたのか、部屋の結界が解除されていたおかげで、何とか逃げられたんだ。

部屋を抜け出した僕は、兵士の服を拝借して変装し、各地を転々とし……その途中で、あの家を見つけて生活していた。

あの家は、別の魔法使いが研究のために使っていた家だったようで、僕はありがたく使わせてもらうことにした。

暮らしが落ち着いたら、従者とエルネストの復讐をしようと思ったけど、そんなことは二人は望んでいないと思ったからやめた。彼らを悲しませたくはないからね。

そうして新たな日常が始まった僕は……従者と、人形のエルネストを忘れないために、セレスタンではなく、エルネストと名乗るようになり、目的もなくひたすら魔法の研究をして過ごした。

その途中、僕は家のことを手伝ってくれる人間の代わりとして、人形を作った。しかし……彼らには名前を付けなかった。顔もまっ白なままにした。また名前を付けて愛着が深まった結果……あんな辛い思いをしたくなかったから。

そうして、あの家で暮らし続ける中……リリーに出会ったというわけさ。

＊＊＊＊

「エル様……」

初めて聞いたエル様の過去に心を痛めた私は、涙を流しながらエル様を見つめる。

「……僕のために泣いてくれるのかい？　リリーは本当に優しいね」

エル様は私の涙を優しく拭いながら、そのまま頬を撫でてくれた。

「その処刑に加担したのが、あなたですよね？　ダラムサル卿」

「何を言っている……そんなことをするはずがなかろう」

「とぼけても無駄ですよ。僕の従者から、あの魔法に対する障壁は、あなたが張ったと聞いています。あなたからしたら、高齢の現国王よりも、新国王になる予定の兄上に恩を売っておいた方が、この先何かと融通が利くでしょうしね」

……そんなことのために、お父様はエル様を処刑するという惨い計画に加担したなんて……信じられないし、到底許せない。

「ずっと隠していてごめんよ、リリー。君には幸せに生きてほしかったから、余計な心配をかけたくなかったんだ」

「惑わされるな。そいつは国王殺しを企てた大罪人だ！　そんな男から離れて、私達を治療し、ダラムサル家の回復魔法の使い手として生きろ！」

「……無理やり命懸けの治療をさせるどころか、家に帰ってこいだなんて……呆れてものも言えないね。リリー、僕とダラムサル卿のどちらを信じるかは君の自由だし、この家に帰るか僕の家に戻るかも君の自由だ……君はどうしたい？」

お父様とエル様、どちらを信じるか――

ずっと私を虐げ、まるで物のように扱ってきたお父様と……受け入れて、私をずっと優しく見守ってくれたエル様……どっちの言葉が真実なのか、今の私に判断する術はない。

でも……私にはどうしても、エル様がそんな酷いことをするなんて思えない。仮にそんな事実があったとしても、二年前に私を救ってくれたエル様のために生きるって決めた私の心は揺るがない。それに……私が心から慕っているエル様を大罪人なんて言うような人の元になんか、死んでも帰りたくないし、ましてや治療なんてしたくない!!

「私は……エル様と共に生きます。こんなところには、もう帰りたくありません」

私はエル様の腕の中から離れて一歩前に出ると、お父様にまっすぐな視線を向けながら、生まれて初めての……そして、おそらく最後になるであろう、反抗の意を示す。

一方でお父様は、私がまさかこんなに強く反抗すると思っていなかったのか、目を丸くしながら、口を大きく開けてしまっていた。

「僕を信じてくれてありがとう、リリー。その気持ちに応えるために……僕はこれからもエルネストとして君を守り、君と共に生きることを約束しよう」

「エル様……！」

私は後ろから包み込むように抱きしめてくれたエル様を感じるように、目を閉じて彼に身体の全てを預ける。

だが、それを阻むかのように、私達に強風が襲いかかってきた。

「さっきから黙って聞いていれば……私はお姉様がどうなろうが、知ったことではありませんの……私は結婚して……幸せになるの……こんなところで死んでたまるものですか……！」

強風が吹いてきた方を見ると、さっきまで黙って話を聞いていたシャロンが、右の掌と血走った目をこちらに向けていた。

この風の魔法、何度これで吹き飛ばされて怪我をしたかわからない。見るだけであの時の記憶が蘇るけど、エル様が隣にいてくれるから、ちっとも怖くない。

「その幸せとやらは、リリーという一人の女性を不幸にしてまで得たいものなのかい？」

「ええ、そうですわ！　そもそも……こんな汚くて無能な女がどうなろうと私には関係ありませんわ。それに……この国の王家は……美しくて優秀な魔法使いの私を必要と――」

「愚か者め、口を慎め」

いつもの穏やかなエル様からは想像もつかないくらい低く語気の強い声と共に、エル様から電気を帯びた一本の刃のような物が伸び、シャロンの頬をかすめた。

「ひ、ひぃぃぃ……！」

「君が幸せになろうとするのは、君の人生だから僕に口出しする権利はない。だが……それを得るために、僕の大切なリリーにわずかでも害をなすと言うなら……僕はその幸せを否定する」

「わ……私に手を出せば……婚約している王家が黙っていませんわよ……！」

「心配してくれてありがとう。でもそんな気遣いはいらないよ。誰が何人来ようとも、僕は必ずリリーを守るから。だから君には……眠っててもらうよ」

「や、やめ――」

シャロンの説得も虚しく、エル様の伸ばした雷の刃が放電し――シャロンの意識を刈り取った。元々火傷で原形を留めていない顔は苦痛に歪み、口からは泡を噴かせ、下半身は不自然に濡れている。

「貴様……!!」

「ご安心を。僕の雷で気絶しているだけです。リリーのような美しい声なら一考の余地がありましたが……彼女の声は、あまりにも耳障りだ」

「貴様のせいで……もし婚姻に不備が出たらどうする……！」

こ、婚姻……？ 心配するのはそこなの？ あれだけ大切にして愛していたシャロンが、目の前で気絶させられたんだよ？ 普通なら身を案じたり、傷つけられたことを怒るんじゃないの？

「リリー！ 今すぐにその大罪人から離れて、我々の治療をしろ！ そうすれば今までの非礼は許してやるし、家に帰ってくることを許可する！」

大罪人……？　まだエル様をそんな酷い呼び方で呼ぶの……⁉

「いくら無能のお前でもそれくらいはわかるだろ――」

「うるさいっ‼」

私の中で、何かが音もなく弾け飛んだのを感じたのと同時に、私は短い人生の中で出したことのないくらいの声量で、お父様の言葉を遮った。

「うるさいうるさいうるさい‼　お父様に何がわかるの⁉　エル様は今にも死にそうになってた私を拾ってくれて、私を慰めてくれて！　勝手にお家を飛び出した私を追いかけて、怪我をしてまで助けてくれる優しい人なの‼」

「リリー……君は……」

「お家のことをやる代わりに住んでいいよって言っておきながら、私の負担が減るようにお人形さん達を作っちゃうんだよ！　それどころか、私がやるはずだった家事をお人形さんと一緒にしちゃうくらい、エル様は優しい人なの！　自分のことなんか二の次で、私のものを何でも買っちゃうような優しい人なの！　お父様のような、傲慢で自分のことしか考えてない人に何がわかるの⁉」

駄目だ、言葉が全く止まる気配がない。ううん……止められない。

「それだけじゃない……もう時間がいくらあっても言い切れないくらい、エル様には良いところがたくさんあるし、ご恩があるの！　私はそんなエル様と生きて、恩返しをするって決めてるの！　だからこんな家なんかには帰らないし、頼みだって聞いてあげない！　泣いて土下座されたってお断りだ!!」

　きっぱりと拒絶の意思とエル様への想いを叫びきる。お父様はしばらく呆然としていたけれど、顔を歪めて憤怒しながら、先程よりも何倍も巨大な火球を作り始めた。

「貴様……誰にものを言っている！　育ててもらった恩すらも忘れた無能とはな！　忌々しい……これが最終通達だ。その大罪人から――」

「何度も言わせないで！　私は……リリーは！　エル様と一緒に生きます!!」

「なら……！」

　お父様は更に火球を大きくし、発射態勢に入る。辺りの家具や壁は燃え始め、こちらにまでその熱が伝わってくる。

　でも……こんな状況になっても全然怖くない。だって私の隣には、信じられる大切な人がいるから。

「旦那様!?　おやめください！」

「うるさい……こいつらは私の手で葬らねば気がすまん!!　死ねっ!!」

　ちょうどお父様を助けに来た近衛兵の人に止められるが、全く聞く耳を持たないお父様は魔法の準備を完了させて放とうとする。

　――だが、その前にお父様は眩い閃光に襲われ、そのまま意識を失った。それに連なるように、火球も急速に勢いを落とし、そのまま消えた。

「やれやれ、そんな情熱的な想いをぶつけられたら、応えないわけにはいかないね。さあリリー、一緒に帰ろうか。僕達の家に」

「はい。お人形さん達も待ってますもんね」

「ふふっ、そうだね」

「旦那様……！　貴様ら、絶対に逃がさん!!」

増援で来た近衛兵達が入口から雪崩《なだれ》込むように入ってきたけれど、全員エル様の魔法によって一瞬で倒されてしまった。

「っと……ダラムサル卿の大層な炎のせいで、火の手が回り始めたか……さっさと脱出しよう」

「は、はい。きゃあ！」

エル様は私をお姫様抱っこすると、以前湖の上を飛んだ時と同じように、滑るようにして移動していく。でも前と違い、かなりの速度を出していた。

「しっかり掴まって。あと、舌を噛まないように気をつけて」

「は、はい！」

もう絶対に離れないという意思を込めるように、私はエル様の首に手を回した。

逃げる途中で近衛兵が襲いかかってきたけど、エル様は全て倒しながら、玄関に向けて全力で飛んでいく。

「あっ……エル様！　ちょっとだけ止まってください！」

「リリー？　どうかしたのかい？」

もうすぐ玄関という廊下の途中で、私はエル様に止まってもらった。そこには、一人の女性が描かれた肖像画が飾られていた。

「綺麗で優しそうな女性だね。これが見たかったのかい？」

「……はい。もうここには帰ってこないので、ちゃんとお別れをしておきたくて」

「この女性、リリーによく似ているね。微笑んでいる顔がそっくりだ」

「私のお母様です。私を産んですぐに亡くなってしまったんです」

「ということは、さっきの彼女とは……」

「はい、シャロンはその後に来た女性との間に生まれた子なんです。その方もシャロンを産んだ二年後に亡くなってしまいましたが……」

私はお母様の肖像画を見上げる。特に魔法など使われていない絵画のはずなのに、なぜかお母様は、いつもより笑っているように見えた。

お母様は、ダラムサル家と同じように、王家と繋がりがある貴族の娘で、両家の政略結婚で嫁いできた。その後、すぐに私を身籠った。

でも、お母様はとても身体が弱い方で……出産した後に身体を悪くしてしまい、亡くなってしまったと聞いている。

その後、お父様は別の女性と政略結婚をした。それから間もなくシャロンを身籠り、無事に出産したが……二年後に事故に遭って亡くなってしまったの。

そういえば、お父様は新しいお母様が亡くなった時に、悲しむ素振りを一切見せなかった。当時は当主として弱いところを見せないためなのかと思っていたけど、もしかしたら、跡取りがすでに生まれているからもう用済みと思っていたのかもしれない。女性でも優れた魔法使いなら、当主にはなれるしね。

「そうだったんだね。お義母様、リリーは僕がお守りします……どうかご安心を……」

「エル様……」

「さあ、行くよ。これでリリーの身に何かあったら、お義母様に怒られてしまうからね」

エル様はお母様の肖像画に一礼をしてから、再び玄関に向けて進んでいく。ついに玄関まで到着できた。

とりあえず脱出さえできれば、あとは何とかなる——だが、それはあまりにも安易な考えだった。なぜなら——屋敷の外に出ると、そこには屋敷を囲むように、大勢の兵隊が私達を出迎えたから。

「これは熱烈な歓迎だな。ここまでモテモテだと照れちゃうね」

数百を超える兵隊に思わず呆気に取られていた私とは対照的に、エル様は余裕たっぷりに言う。

あの兵隊の服……前にお屋敷で見たことがある。確か王家を守護する兵隊と誰かが言っていたはずだ。

「ど、どうして王家の兵隊が……!?」

「恐らく僕がここに来てすぐに、誰かが王家に助けを呼んだんじゃないかな。王家がダラムサル家に恩を売るにはちょうどいいしね」

「……まさか……ご、ごめんなさい！　私がお母様の絵を見たくて引き止めちゃったから、きっとその間に……！」

「一分も止まってなかったし、誤差の範囲さ。リリーが気にする必要はないよ」

エル様は私を慰めてくれながら、私を降ろして前に出た。

ど、どうしよう……いくらエル様がすごい魔法使いとはいえ、相手は王家を守るのを任されてるくらいの、優秀な兵隊だ。さすがに無傷で突破は難しいだろう。

それなら……私だって戦う！　回復魔法以外は使えないけど、エル様の傷を癒したり、攻撃からエル様を庇うくらいはできるはず！

「おやおや、半信半疑で来てみれば……本当に生きているとは思わんかったぞ。セレスタン」

「……ご無沙汰しております。息災そうでなによりです。ディルス兄上」

兵隊の中にいた、エル様にそっくりで一際豪華な服を着た男の人が、エル様に声をかける。

もしかして、この人がエル様のお兄様？　外見はそっくりだけど、すごく目が冷たくて、見ているだけで身体中が寒くなってくる。一緒にいて心も身体も温かくなるエル様とは正反対と言ってもいい。

「父上はお元気ですか？」

「ああ、おかげさまでな。それで、一体どうやって生き永らえた？　確かにあの時処刑したはずだが」

「ご想像にお任せしますよ。それよりも、どうして兄上がこんなところにまで？」

「我が婚約者の救助と、貴様を国王暗殺の首謀者として、再度この手で処刑するためだ。それと……最近噂になっている回復魔法の使い手がここにいると聞いてな。回復魔法の使い手は貴重だ……ぜひ我が城にお越しいただこうと思い、こうしてわざわざ足を運んだのだよ」

エル様のお兄様……いえ、ディルス様がそう言いながら手を挙げると、周りの兵隊達が戦闘態勢を取る。

殺されるわけにも、連れていかれるわけにもいかない。絶対に生きてお家に帰る……そのために、私も戦う。

そう思って前に出ようとしたが、エル様に肩を優しく掴まれてしまった。

「戦う必要はないよ。実はリリーに持たせた魔法人形には、転移魔法陣を描き込んである。僕が転移許可を出せば、とりあえずここから離れることはできるよ」

「なら、こんなにたくさんの人と戦う必要は……！」

「そういうことさ。リリー、僕に人形を」

私は言われるがままにポケットに入っていたお人形さんをエル様に渡すと、エル様はそれをギュッと握りながら何かぶつぶつと言い始める。すると、お人形さんの身体が淡い光に包まれ始めた。

「させるな！　セレスタンを止めろ！　撃て！」

魔法が使える兵隊達は、一斉に私達に向かってさまざまな魔法を放ってくる。

でも、先程お父様の魔法を防いだのと同じ障壁が守ってくれたおかげで、私達は傷一つ負わなかった。

「準備完了だ。さあ、人形を持って」

「は、はい……え？　エル様……？」

エル様は私に人形を手渡すと、なぜか自分は私から離れる。

それが嫌で、私はエル様の手を力強く握った。

「リリー、よく聞いて。人形に組み込んだ魔力は、一人がギリギリ飛べる量しかない。だから、君だけ逃げるんだ」

「な、何言ってるんですか!?　エル様も一緒に逃げるんです！」

「そうしたいのはやまやまなんだけどね。小さな人形に無理やり組み込んだせいで、不完全な魔法陣にしかできなかった。その影響で、長距離の転移は難しい」

えっと、つまり……どういうことだろう？

「簡単に言うと、家にまで転移できないってことだ。ここに来る途中、この屋敷から転移できるギリギリの場所に魔法陣を作っておいたから、一旦そこに飛んで、自力で家に帰ってほしい。ただ、魔法陣はここからそんなに離れていないから、すぐに兵に見つかってしまう可能性がある。そうならないように、僕が囮《おとり》になるというわけだ」

い、言っていることはわかった。でも……だからといって、エル様をこんな危険な場所に置いていくわけにはいかないよ！

「これしか方法はないんだ。大丈夫、僕はすごい魔法使いだからね。それに、今日みたいな素敵な髪型をこれからも見たいしね」

「嫌です！　エル様を置いて逃げるなんてできません！　エル様と一緒にいられないなら、私は死を選びます！」

私は首を大きく横に振った。目から大粒の涙がこぼれる。

だが、エル様は一向に折れてくれなかった。

「わかってくれ……たとえ僕が君と一緒にいられなくなったとしても……僕の愛する女性である君には生きていてほしいんだ」

「えっ……あい……する？」

「あれだけ僕の気持ちを毎日ストレートに伝えていたのに、気づいていなかったのかい？　自分の気持ちにも気づいていなかったようだし、仕方ないか。そんな鈍感さもリリーっぽくって愛らしくて愛おしいよ。ふふっ」

エル様は顔だけ私の方に向けながら、いつものようにニッコリと微笑んでみせると、数歩前に出た。

あ、愛するって……えっ……エル様が私を……？

それに自分の気持ちって……え、え……？

「そろそろ人形の準備ができたようだね。家の周りに、結界が張ってあるのは知っているよね？あの後ちょっと手を加えて、僕やリリー以外の人間は通れないようにした。だから、家からそう遠くない場所なら出ても安全だよ。大丈夫、僕は必ず君の元に帰る」

「エル様!!」

「……来るな！　リリーがここにいたら……邪魔なんだ!!」

何と言われようともエル様の傍を離れたくなかった。

エル様の元に駆け寄ろうとしたが、らしくない怒声に身体がすくんでしまい、思わず足を止めてしまった。

その間にお人形さんの転移魔法の準備ができたのか、私の身体も光に包まれ始めた。

「やだっ！　エル様！　エル様ぁ!!」

「ごめんね、急に酷いことを言って……しばしの別れだ。またね」

必死にエル様に手を伸ばしたけど……その手は虚しく空を切り、気づいたら私は見知らぬ土地に立っていた。

足元には光を失った小さな魔法陣がある。ここが転移先のようだ。

「エル様……」

私は泣きながら、その場に座り込んでしまった。

邪魔だなんて……あんな酷いことをエル様が言うなんて……

いや、違う。きっとエル様は、ああ言えば私がビックリして立ち止まるってわかっていたんだ。

優しいエル様が、あんな暴言を吐いてまで私を逃がしてくれたんだ。それなのに、私がまたエル様の元へ戻ったら……それこそエル様を裏切ることになってしまう。

「帰らなきゃ……それがエル様の望みだから……」

本当はさっきまでいたお屋敷に戻りたい。エル様の助けになりたい。万が一エル様がそこで死んでしまうなら、私もその隣で死にたい。

でも……それはエル様の望みじゃない。

大丈夫、エル様はすごい魔法使いなんだから。きっと……きっといつもの笑顔で、すぐにただいまって言ってくれる。私の名前を呼んでくれる。

私は自分にそう言い聞かせながら、お家に帰るために歩き出した――

＊　＊　＊　＊

「ふう、何とかリリーを逃がせたか……」

リリーが転移したのを見送った僕は、安堵の息を漏らした。

僕だって本当はずっと彼女の隣にいてあげたい。

でも……敵に囲まれているこの状況で、リリーを守りながら倒すのは、さすがに無理があるからね……事前に簡易転移魔法の仕込みをしておいて良かった。

「ちっ……第一から第五隊は回復魔法の使い手を追え。第六から第八隊は、屋敷の人間の救助に向かえ。それ以外はセレスタンを排除しろ」

「させないよ」

僕は大量の魔力を消費してこの一帯を囲むように、ドーム状の壁を作り出した。触れば強い雷に襲われる代物で、僕が死ぬか自分で解除しない限りは消えない。

「報告！　辺り一帯に雷の壁が発生！　さまざまな魔法で破壊を試みましたが、まるで歯が立たない模様！　屋敷も急激に火の手が回ったため、鎮火に時間がかかり、救助が困難とのことです！」

「……まあいい。ダラムサル家程度の家など、ほかにもいくらでもある。婚約者も探せばすぐに誰か見つかるだろう。救助は放棄しろ。今はセレスタンと聖女だ」

……あっさり婚約者とその家族を切り捨てるなんてね。彼らに同情する気はサラサラないが……あの怪我で火の手から逃げるのは不可能だろうね。

「回復魔法のような特異な魔力を追うなど、我々には造作もないことだ。先にセレスタンを殺して、ゆっくりと聖女を追うことにしよう」

兄上は自信たっぷりに言う。

だが僕は鼻で笑った。

「無駄ですよ。こうなることを予測してここに来る前に、家に強力な結界を張り直しておきました。元々は人が来た時に知らせるものですが、少々手を加えておりまして。魔力探知を防ぐ上に、リリーと僕以外が近づけば認識阻害を起こし、意識とは関係なく身体がそこから離れるようにしてありますから」

「そうか。それなら、その結界に入る前に捕えればすむことだ」

「ええ。ですので、リリーが無事に家に着くまで、僕と踊ってもらいます」

……僕はこうなることを予見していた。いや、それだと僕がこうして襲撃に遭うことを予見していたって誤解されてしまうね。

正しくは、リリーの回復魔法を我が物にしようとする輩が現れ、リリーの身に何か危険が迫る出来事が、遠からず起こると思っていたんだ。だから、リリーを守る手段の一つとして、家の結界を強固にした。

「ふんっ……セレスタン。貴様は相変わらず目障りな男だ。幼い頃も、兄である私よりも全ての面で優秀で……本当に忌々しい存在だ」

「ふふっ、男の嫉妬ほど見苦しいものはありませんよ、兄上。悔しかったら僕よりも上に行くための努力をなさればいいだけのこと。僕は自分の才能にあぐらをかかず、毎日勉強に明け暮れていましたよ？　まあ兄上の能力では、生涯勉強をし続けたところで、僕には追いつけませんが」

「だろうな。実際にお前の才は優れていた。だから、普通にやっても駄目だとわかった私は、特別な訓練をした。それが……これだ」

兄上は魔力を自分の上空に放つと、一気に冷気を拡散させ、周囲一帯を氷漬けにした。

不幸中の幸いだけど、これでダラムサル家の火事は消火できたね。屋敷の中がどうなってるかは知らないけど。

「ああ、認めよう。私は弱かった。そして、お前は強かった。だが、それが憎くて妬ましい……その負の力が、私の新たな力となったのだよ！」

「っ!!」

兄上は頭上に大量の氷柱を作り出すと、それを僕に向けて放ってきた。

しかし、先程ダラムサル卿に使った魔法障壁で防ぐ――はずだったのだが。

「……くっ……」

何と、氷柱は障壁を貫通して僕に襲いかかってきた。怪我は大したことはないんだけど、それよりも障壁を破られたショックの方が大きい。

兄上の憎悪とやらは、兄上を想像以上にパワーアップさせてしまったのかもしれない。あしらおうとするだけじゃ、殺されかねないくらいの強さがある。

「どうした、そんなものか。なら、さっさと倒して、回復魔法の使い手を探すとしよう」

「そんなことはさせません」

僕は反撃の雷を兄上に向けてまっすぐ放つ。雷はバチバチと音を立て、空気を切り裂いて突き進んだが、兄上の氷によって防がれてしまった。

直線的な攻撃では無意味そうだ。それなら、多角的に攻めるのみ。そう思い、雷のドームから落雷させたが、兄上は自分に当たる前に氷塊をぶつけて全て相殺《そうさい》してしまった。

「主君を守れ！　撃てー!!」

ドームの中に残された兵隊達が僕に向かって銃を撃とうとしたから、やむを得ず雷で気絶させた。

その後も、僕の雷を受けた兵隊達は、次々と変な悲鳴を上げながら倒れていった。

事情が事情とはいえ……大切な国の民を自分の手で傷つけるなんて……気持ちの良いものじゃない。

「ふんっ、さすがは王家に生まれた魔法使いの中で、歴代最強と謳《うた》われただけはある。だが……しょせん今倒した連中は雑兵に過ぎん」

「……民を導く立場である兄上が、民を雑兵呼ばわりですか？」

「そういう貴様こそ、民を自らの手で倒しているではないか」

「……そうですね。とても胸が痛いです。ですが……民を守る立場であった、セレスタン・ソレイユはあの日処刑されました。今の僕はエルネストとして、リリーの……愛する女性のために生きている。そのために、僕は心を殺してでも……彼らを倒します」

「やれるものならやってみろ、愚弟！」

兄上は、何と自分の身体に氷を纏わせて鎧と剣に変化させると、そのまま僕に切りかかってきた。

じっくり見て、確実にかわしていければ反撃の余地はあるだろうけど……足元が悪すぎるな。これでは、足を滑らせて、重大な隙を晒すのも時間の問題だろう。

「はぁ！」

「くっ！」

飛ばしてきた氷の剣を、魔法で強化した腕で弾き飛ばすことはできた。

しかし、これでは防戦一方なのは確かだ。

——仕方ない。まだ完成したとは言えないが、研究をしていたあれを試す時が来た。

「兄上、あなたは僕への憎しみや憎悪を糧にして成長したと仰いましたよね」

「それがどうした」

「僕にもあるんですよ。僕の場合は……リリーへの愛情と、リリーと紡ぐ未来への希望……美しき光が、僕の力となる!!　そのために、僕はこの魔法を研究していたんだ!!」

僕は持てる魔力を集中させ、身体中から雷を発生させる。その雷は僕の背後に集まっていき——バチバチと音を鳴らす、雷の龍が生まれた。更にそれに従うように、掌サイズではあるが、たくさんの水の龍も生まれた。

よし、上手くできた。雷の龍を補助するための水の龍……以前失敗してびしょ濡れになったやつだ。まだこの大きさでしか作れないから、数で勝負するしかない。

それにしても……やっぱりリリーを逃がしておいて良かった。こんな姿を見られたら嫌われてしまう。

「ほう……ほう！　面白い！　それでこそ、私よりも強いと言われる男の力だ！　これを打ち滅ぼしてこそ、私は初めて最強になれる！　全てを総《す》べる、最強の男になる！」

兄上は辺りの冷気を一か所に集めていく。すると、空気をも凍らせるほどの冷気を持った、青い氷の龍が出現した。

「何かを奪って得るものなんて、虚しいだけだというのがなぜわからないんですか？　まあい い……生憎《あいにく》、僕も負けるつもりは毛頭ない。家に帰って、温かい未来へ向かう使命が残っていましてね」

リリー、待ってるんだよ。

必ず帰って、また一緒にあの家に住むんだ。食事をしたり、家事をしたり、買い物をしたり、仲直りにデートに行こう。

そんな当たり前で幸せな日常を——僕とこれからもずっと……ずっと続けていこう。

＊　＊　＊　＊

エル様と別れてから三日後。何とか手持ちのお金を使い、さまざまな町を行き交う定期便と呼ばれる馬車を乗り継いで、親しんでいる町の近くまで来れた私は、ようやくお家に戻れる魔法陣のあるところまで帰ってこれた。

最初はどうなることかと思ったけど、何とかなって良かった……

「魔法陣を……起動する」

私を転移させせたせいで魔力をたくさん使っちゃったのか、お人形さんはぐったりしている。掌に乗せて魔法陣に乗ると、魔法陣がいつものように淡く光る。それから間もなく、無事にお家に帰ることができた。

「みんな……」

家の中に入ると、エル様が作ってくれたお人形さん達が勢い良く出迎えてくれた。

もしかして、みんな心配してくれてたのかな。私がずっと帰ってこないことも、エル様が私を探しに行ったまま戻ってこないことも、全部知っているだろうし。

「エル様は……帰ってきてる？」

もしかしたら私より先に帰ってきてるかもしれない。お人形さん達に聞いてみたが、みんな首を横に振るだけだった。

「そう……だよね。帰ってきてないよね……」

私はぐったりしているお人形さんを机の上に寝かせてあげてから、みんなに何があったのかを話した。

お人形さん達はエル様によって作られた物だけど、私達の言葉を理解してくれる。だから……エル様に何があったかを話さないといけないと思った。

「えっ……？」

エル様のことを話し終えた私を、一番大きいお人形さんが優しく抱きしめてくれた。それに続くように、ほかのお人形さん達も私に寄り添ってくれた。

「みんな……慰めてくれてるの……？」

消え入りそうなくらいの小さな声で聞くと、「そうだよ、元気出して」と言うように、みんな私をさすってくれた。

お人形さん達だって、エル様が心配に決まってるのに……私を気にかけてくれるその優しさに緊張の糸がプツリと切れて、私は声を上げて泣いてしまった。

それからしばらく泣き続けた後、私は部屋に戻ってすぐに眠りについた。その間も、ずっとお人形さん達は私の傍にいてくれた。

お人形さんが近くにいてくれると、とても心強い。でも……やっぱり寂しいよ……エル様……早く帰ってきて……

＊　＊　＊　＊

あれから一か月が経った——エル様の言っていた結界のおかげか、私は何事もなく、今日もこのお家でエル様の帰りをお人形さん達と一緒に待っている。

あの日以降、私は一切町に行っていない。もしかしたら、王国の兵士やダラムサル家の近衛兵に見つかって、連れ去られてしまうかもしれないからだ。

ここに住むようになってから、どこに食材があるかもわかるようになったし、木の実などを採る技術も上がってご飯には困らない。水も近くの川から汲んでこられるから問題ない。

だから、生活には一切困っていないけど……月日が経つにつれて、エル様への想いが募っていく。

「エル様……」

お掃除やお洗濯を終わらせ、椅子に座って一息入れていた私は、エル様の名を呼ぶ。もちろんそれに返事してくれる人はいない。

あの日から、私はずっと後悔している。

エル様は、私を愛していると言ってくれた。それは親しい人や友達に言う言葉ではない……愛する異性に言う言葉。

あの時はただ驚くことしかできなかったけど……エル様と離れればなれになって、ようやく私は気づいた。

——ああ、私はエル様を愛していたんだ。だからエル様のことになると、酷く胸がドキドキしていたんだと。

本当、笑っちゃうよね……自分の想いに気づいた時には、もうその想い人は隣におらず、できるのは想い人の帰りを待ちながら、毎日ただ後悔の涙を流すことだけ。

そんな私は、今日もエル様の帰る場所を守りながら彼の帰りを待つ。生きて帰りを待ち続ける。

「うん、大丈夫だよ。さあ、今日の食材を採りに行かなきゃね」

数日ほど休んで無事に元気になった小さなお人形さんと一緒に、私は今日の分の食材を採りに森へと向かう。

エル様がいつ帰ってきてもいいように、今日も二人分の食材を採るつもりだ。念のため、帰ってこられないことも想定して、保存できる物にしよう。

エル様……いつお帰りになられてもいいように、私は今日もお家を綺麗にしてご飯を用意して待ってます。だから……安心して帰ってきてくださいね。

エピローグ　お日様の昇る方向へ

お屋敷での出来事から更に月日は経ち……あれから半年が経った。

私はいつもの時間に起き、これまたいつものようにお人形さん達とお洗濯に取りかかる。

とはいっても、私の分しかないから、私一人でも全然こなせる量なんだけど……お人形さんが率先して手伝ってくれるので、その厚意に甘えている。

「………」

お洗濯物を干し終えた私は、部屋に戻る前に、お家の裏にある魔法陣の様子を見に行く。

もしエル様が帰ってくるなら、ここから現れるんじゃないかなって思っているから、毎日朝と寝る前にここに足を運んでいるの。

エル様……今日もお帰りにならないんですか……？

もう……寂しすぎて限界が来そうです……

「……ありがとう、大丈夫だよ。さあ、戻ろう」

ずいぶん前にエル様に買ってもらったエプロンのポケットの中から、お人形さんがひょっこりと顔を出して私をじっと見つめてくる。お人形さんには顔がないから、本当に見てるかはわからないんだけどね。

……ぐすっ。

私の目から、涙が零れて魔法陣にぽたりと落ちた。

泣いていても何も解決しないってわかってるけど……それでもエル様がいない寂しさや、私のせいで巻き込んでしまったことへの申し訳なさ……いろんな感情が涙となって溢れてしまう。いつかはこの涙も涸《か》れる日が来るのかな……

「エル様……え……？」

どうしても涙を止められなかった私がその場で泣きじゃくっていると、ぼんやりと魔法陣が光り始める。

まさか……この光は……誰かが魔法陣を使って転移してきている!?

そんなの、一人しかいない！

そう思っていると、私の前に……ずっと待ち望んでいた人が現れた。

「ふぅ……あれ、リリー……？」

「エル様っ!!」

エル様の姿に感極まってしまった私は、今まで積み重ねてきた思いをぶつけるように、エル様に勢い良く抱きついた。

「おかえりなさい……エル様……！」

「ただいま、リリー」

エル様は私が突然抱きついてきても一切怒らないどころか、私を包み込むように抱きしめ返してくれた。

「ごめんよ、ずっと一人にしてしまって。王家の連中に追われてるせいで、隠れながら各地を転々としていたんだ」

「いいんです……エル様が帰ってきてくれさえすれば……」

「リリー……」

嬉しくて、強く抱きしめたところで、ようやく気づいた。

エル様の服はボロボロで、破れた部分から覗く肌は、傷だらけということに。

「エル様……その傷……！」

「ああ、追っ手とやり合った時に、ちょっと不覚を取ってね。たいした傷じゃないから大丈夫だよ」

「駄目です！　ジッとしていてください！」

エル様の制止など一切聞かずに回復魔法を使い、傷の手当てを試る。見た目ほど酷い傷じゃなかったから、すぐにエル様の傷は完治した。

「ありがとう、リリー。おかげで全然痛くなくなったよ」

「良かったです。さあ、お腹すいているでしょう？　ご飯にしましょう！」

エル様の手を引っ張ってお家の中に入ろうとしたが、なぜかエル様は複雑そうな表情を浮かべながら、その場から動こうとしなかった。

「……ごめん。僕はすぐにここを発たないといけないんだ」

「……え……？　どう、して……？」

発つって……また離ればなれになってしまうの……？

「実は、改めて国王暗殺未遂の犯人として、そして、今回のダラムサル家襲撃の犯人として、国に追われているんだ。奴らは魔力を探知する術を持っているから、ここを探り当てる恐れがある」

魔力を探知って……王家の人達はそんなすごい魔法を持っているの……？

「ここには結界があるのは知ってるね。リリーは特異な魔力を持ってるけど、量は人並みだから結界から漏れることはない。だから安全に過ごせるよ。だけど、僕くらいの魔力量を持ってる人間が長居すると、いずれ結界から魔力が漏れ出て……探知される可能性があるんだ」

「そんな……」

「だから、追っ手を撒いた今、リリーが無事だったかの確認だけして、すぐに旅立つつもりだったんだ。まさか鉢合わせするとは思ってなかったよ」

もしかして、私がちょうどここにいなかったらエル様とはもう会えなかった？　本当にタイミングが良かったんだ……

「リリー、僕は次にいつ帰ってこられるかわからない。もう二度と帰ってこられないかもしれない……だから、僕のことは忘れて、穏やかで幸せな生活を送っておくれ」

「そんなこと……言わないでください。私はもうエル様と離れたくありません！」

「リリー、わかってくれ。僕は国に追われている身だ。一緒にいたら、君の身も危険になってしまう」

「わかっています。それでも……私はずっと後悔してました。これからもずっと後悔するよりも、隣でエル様を助けたいんです」

一歩も引かない私に痺れを切らしたのか、エル様は顔を歪めながら、私の両肩を強く掴んだ。

「どうしてわかってくれないんだ！　僕は大切な君に傷ついてほしくない！　安全な場所で、普通の生活をしてほしいんだ！」

「私は！　普通の生活よりも、危険でもずっと愛する人の隣を歩きたいんです!!」

これだけは絶対に譲らない。私はもう後悔はしたくない。

だから……エル様が私の身の安全を考えて言ってくれているとわかっているけど、絶対に引く気はない。

「リリー……君は……」

「何を言われても、もう絶対に離れません。たとえ行く先が地獄だったとしても、私は喜んで地獄の底までついていきます！　あなたを……心から愛してるから！」

嘘偽りのないまっすぐな気持ちをエル様にぶつけた。

エル様はやれやれと言わんばかりに、優しく微笑みながら、ふぅと浅く息を漏らした。

「まったく……リリーはずるいな。そんな情熱的な気持ちをぶつけられたら、せっかく抑え込んでいた僕の気持ちが溢れ出てきてしまうじゃないか」

エル様はゆっくりとした動きで少し屈むと、私に整った顔を近づけてくる。

その行動に応えるために、私は目を瞑りながら背伸びをした。

そしてそのまま、私の唇はエル様に奪われた。

「エル、様……！」

「リリー、よく聞いて」

顔を離してから間もなく、エル様は優しい声色で私を諭すように語りかけてきた。

「僕は今、兄上の罪の証拠を集めるために行動している。兄上の罪を白日の下に晒して法で罰しない限り、兄上は権力を使って僕を追ってくるだろう。そのままだと、君と一緒に平和に暮らせないからね」

「証拠って？」

「前に話したと思うけど、兄上は別の人間を使って暗殺を企てた。主犯格は全員この世を去っているけど、間接的に関わってる人間もいる。彼らを見つけ出し、暗殺計画の証拠を出させるのさ。それと同時に、城にこっそり侵入して情報を集めたりもした。そのおかげで、まだ決定的ではないけど、いくつかの証拠が見つかった」

お城に侵入だなんて、そんな危険なことをしていたの⁉　もし見つかったら、処刑される前と同じように結界に閉じ込められちゃってたかもしれないのに！

「それと、これは僕も知らなかったんだが……僕には異母兄弟がいることがわかったんだ」

「え、どういうことですか⁉」

「詳細はわかってないけど……父……国王が、妾との間に子供を作っていたようでね。生まれた時には、僕はすでに引きこもっていたから知らなかったんだ。何があったのかはわからないけど、五年前に母親共々城を追放されている」

エル様に異母兄弟がいるのにも驚きだけど、すでにお城にいないというのにも驚きだ。

一体何があったというのだろう？

「僕は情報を集めながら、異母兄弟とその母親を探しているんだ。もしかしたら、当時の事件についての情報を持っているかもしれないし、互いに助け合えるかもしれないだろう？　半分とはいえ、兄弟なんだしね」

「すごく素敵だと思います！　きっとご兄弟様も、会いたいと思ってるはずです！」

「ふふっ、ありがとう。それでね……きっとこの先も、僕達は国に追われ続ける。それから逃げながら、冤罪の証拠を集めるために、暗殺計画に加担した人間を見つけ出して、それと同時に異母兄弟と母親を探し出す。それが当面の目的だ」

ここまで聞いているだけでも、かなり果てしない旅になりそうな気がする……でも、どんな旅でも、私は絶対にエル様と離れたくない！

「情報を持っている連中も、異母兄弟と母親も、どこにいるかまるでわからない。危険な旅になるのは間違いない。それでも僕と一緒に来てく――」

「はい!! どこまでもどこまでも……ずっとお傍においてください！ それが私の望みです！」

「ふふっ。ありがとう、リリー……」

やや食い気味に返事をしながら、私はエル様に勢い良く抱きついた。

すると、エル様は少しおかしそうに笑った。

王国の追っ手なんかに私は絶対に負けないし、絶対に屈しない。全力でエル様を支えるし、怪我をしたらいくらでも治すだけだもん。

あっ、でも……戦いになったらまた足を引っ張っちゃうかも……ううん、戦えないなら壁にでもなってエル様を守ってみせる。

「……僕、エルネストは……未来永劫、君と共に人生を歩み、そして守ることを誓うよ。だから……一緒に来てほしい」

「私も誓います。エル様と共に歩み、支え続けると……だから、私を連れていってください」

互いに誓いを立てながら、もう一度口づけを交わす。

もう私は後悔なんてしない。だって、絶対にエル様を離したりしないから。今も昔もこれからも、私はずーっとエル様と一緒なんだから！

「さあエル様！　冤罪の証拠だろうが、異母兄弟と母親だろうが、二人でちゃんと見つけちゃいましょう！　その前に、長旅のための準備をしましょう！」

「ふふっ、そうだね」

私がエル様と固く手を繋ぎながらお家の玄関の方に行こうとすると、物陰からじっとこちらを覗いている白い三つの物体が目に入った。

「みんな、ただいま。そんなところにいないで、こっちにおいで」

エル様は明るく呼びかけた。

「え？　邪魔するのが申し訳なかったって？　あははっ、気を遣わせちゃったね」

隠れていたお人形さん達はエル様を囲むと、みんな嬉しそうにぴょんぴょんと跳ねたり腕を振ったりしている。

お人形さん達からしたら、エル様はお父様みたいな存在だもんね。そんな人が帰ってきたら嬉しいに決まってる。

なのに、私達の再会を邪魔しないようにしてたなんて……本当に優しい子達ばかりだ。

「あの、エル様。ご相談があるんです」

「なんだい？」

「お人形さん達も、旅に連れていくことはできないでしょうか……？　みんなもエル様をずっと心配してたので、また離ればなれになるのは可哀想です……」

「んー、そうだね……」

エル様は腕を組みながら、考え込むような素振りを見せた。

「あまり大人数で動くと目立ってしまう。だけど、僕も彼らを置いていきたくはない……そうだ。なら身体を再構築しよう」

再構築？　一体どういうことだろう？

「簡単に言うと、みんなを小さな身体に作り直すんだ。そうすれば目立たないだろう？」

「確かにそうですね」

「もちろん、みんながここに残りたいと言うなら強要はしない。どうかな？」

お人形さん達は一度互いの顔を見合ってから、エル様に向かって強く頷いてみせた。

「わかった。じゃあ……みんなで行こうか！」

お人形さん達は嬉しそうにバンザイをして喜びを爆発させる。

私のポケットの中にいるお人形さんも、顔を覗かせながら、嬉しそうに腕を振っていた。

「あの、もう一つだけお願いしてもいいですか？」

「もちろん。なんだい？」

「ディアナやカトリーヌさん……お世話になった人達にお手紙を送りたいんです。次に会えるのはいつかわからないので……お礼とお別れを伝えたいんです」

「それなら、小鳥型の即席魔法人形を作って、運んでもらおうか」

その時、横に立っていたお人形さんがエル様の袖を引いた。

「君が行ってくれるって？　ありがとう。じゃあ一度小鳥型に再構築するけど……いいかい？」

立候補した一番大きなお人形さんは、任せておけと言わんばかりに自分の胸を大きく叩いた。

「そうだ、もう一つだけ!!」

「うん、なんだい？」

「この子達に、名前を付けたいんです！」

「名前って……それは……」

「わかっています。でも……それは、過去に囚われているだけだと思うんです。エルネストの名と遺志を継いで前を見たら、きっとお二人は喜ぶんじゃないでしょうか」

正直、偉そうなことを言ってしまった自覚はある。

でも、エル様のためにちゃんと伝えておきたかったの……

「それも、そうだね……未来への一歩のために、名前を付けようか！」

「はい！　エル様、お人形さん、ありがとう。私のワガママを聞いてくれて」

「気にすることはないよ。僕が人形の再構成と名前を考えている間に、リリーは手紙を書いておいで」

「はい！」

＊＊＊＊

「よし、準備はできた。リリーは大丈夫かい？」

「はい、大丈夫です」

エル様と再会してから数時間後、今までお世話になったお家の中で、私は着替えがすんだエル様に向かって大きく首を縦に振った。

私も着替えや持っていく物の準備もできているし、お手紙もお人形さんに届けてもらった。

お家の中もしっかり綺麗にしたし、お手紙を届けてもらったお人形さんを含め、みんなちゃんと揃っている。もうやり残したことや忘れ物はないね。

「なんだかんだで、この家にも世話になったな……」

そう言いながら、優しい笑みを浮かべるエル様は、リビングの中をグルっと一周した。

「どうかしたんですか？」

「せっかくだから、旅立つ前に家をちゃんと見ておこうと思ってさ。僕とリリーの思い出の詰まった家を」

「……そうですね。そうしましょう」

「ここで、リリーと一緒に食事をしたり、おしゃべりを楽しんだね」

「はい。私にとって、最高の時間でした。でも、どうして私を最初に拾った時、そのまま見捨てなかったんですか？」

「家を追い出されたり、酷い目に遭わされてたり……僕の境遇と似てる部分が多かったのと、君の美しい心に惹かれてね」

私の心……？

よくわからないけど、エル様に気に入ってもらえたなら良かったかな。

「君との生活はとても楽しかったよ。城を出る前も出てからも、誰かと一緒に長い時を過ごすなんてことはなかったからね」

確か、エル様は他人と関わらずに、一人でずっと過ごしていたんだっけ。いくらエル様が自分で望んだこととはいえ、きっとすごく寂しかったよね。

なんでわかるのかって？　私がそうだったから。誰にも愛されず、夜はボロボロの小屋で一人寂しく眠る日々は、あまりにも寂しかったよ。

「この部屋で、たくさんの研究をしたな」

「エル様の独り言も、なんだか懐かしく感じます。不思議ですね」

リビングを後にして、次にやってきたのはエル様のお部屋だ。さすがにここにある本を全部持っていくわけにはいかないから、ほとんどがここに残ったままだ。

「その節は申し訳なかったね。どうも熱中すると独り言が出てしまうのが癖みたいで」

「いいんです。最初はちょっぴり怖かったですけど、研究してる時の楽しそうなエル様、大好きですから」

私と話をしてる時の笑顔も大好きだけど、魔導書を読みながら魔法のことを考えているエル様は、いつも目を宝石のように耀かせていた。

それをこっそり見るのが、私は大好き。

「おや、それじゃ研究してない時の僕は好きじゃないのかな？」

「えっ⁉　あの、その……す、好き……です」

「ふふっ、ありがとう。僕も君を愛してるよ」

私がモジモジしながら答えると、エル様は嬉しそうに声を弾ませながら、私をギュッと抱きしめてくれた。

あ、あわわわ……またエル様に抱きしめられちゃった。

さっきはつい感極まって抱きついちゃったけど、改めて抱きしめられると恥ずかしさで爆発しちゃいそう。

「顔が赤いけど、照れてるのかい？」

「うっ……そ、そうです」

「リリーは本当に可愛いなぁ。これから先、何度もこういうことをするんだから、今のうちに慣れておかないとね」

「な、何度も⁉」

「ふふっ……さて、次の部屋に行こうか」

照れて顔が熱い私の手を取ったエル様は、そのまま隣の部屋に向かう。そこは、私の荷物が置かれた部屋だ。

「私のお部屋ですね。今更ですけど、こんな良いお部屋を与えてくれて、ありがとうございました」

「お礼を言われるようなことじゃないさ。むしろこんな部屋で良かったのかって、しばらく悩んでたくらいだ。ここ、元々空き部屋だったからさ」

「そうなんですか？　私からしたら天国ですよ。風も入ってこない、雨漏りもしない、暖かいお布団……至れり尽くせりでした」

「……改めて考えると、元いた場所は本当に過酷な状況だったんだね。とても腹立たしい気分になるよ」

「もう終わったことなんですから、怒らないでください」

想像もしていなかった実家との決別だったけど、私はダラムサル家の呪縛から解放された。だから、エル様が怒る必要はない。

でも、私のために怒ってくれてるって思うと……なんか嬉しいな。

違う意味で怒る人はたくさんいたけど、私を想って怒る人はいなかったから。

「ほらエル様、次の場所に行きますよ」

「ああ、わかったよ」

さっきとは逆に、私がエル様の手を引っ張って移動する。そこは、綺麗に整頓されたキッチンだ。

「ここでリリーがたくさん料理をしてくれたね。いつも美味しいご飯を作ってくれてありがとう」

「そんな、作ってたのは私だけじゃないですよ。お人形さんも、エル様も手伝ってくれたじゃないですか」

「そうだったかな？　人形がやってくれたのは覚えてるけど、僕がやったのは覚えてないなぁ」

「もう、そうやってすぐ誤魔化す……」

エル様って、私にしてくれたことを恩着せがましく言ったりなんか絶対にしない。むしろ、今みたいにとぼけるくらいだ。

少しくらいは言っても良いと思うんだけどな。

だって、それくらいエル様は、私にとって嬉しいことをたくさんしてくれたんだから。

「さて、一通り見終わったし……今度こそ出発しようか」

「はい、エル様」

私達はお家の外に出ると、どちらからともなく、お家に向かって頭を下げた。

「お世話になりました。僕の大切な家」

「お世話になりましたっ。エル様、いつになるかはわからないですけど、全てが終わったら、またここに帰ってきませんか？」

「もちろん。ここは僕達の思い出がたくさん詰まっているからね」

そう、この旅は永遠のものじゃない。

いずれ王家との争いが決着し、全てが落ち着いたら……またここでエル様と静かに暮らしたい。

そのために、これからたくさん頑張って、そしてエル様を支えていかなくちゃ。

「さてと、行くあてもないし……どこに行こうか……リリー、どこか行ってみたいところはあるかい？」

「そうですね……じゃあ東に行きましょう」

「わかった。でも……どうしてだい？」

「お日様が昇る方角だからです！」

不思議そうに尋ねるエル様に満面の笑みで高らかにそう答えると、私は同じように笑みを浮かべるエル様と、手を繋いで歩き出した。

私達の未来は、きっとお日様のように明るくて、そしてとても暖かいものになる——そう願いを込めて、私達は東に向けて旅立つのだった。

新 * 感 * 覚 ファンタジー！

レジーナブックス Regina

レジーナブックス Regina

婚約解消されても
私は幸せになります!

もう当て馬になるのは ごめんです！

～元悪役令嬢、破滅エンドを回避する～

えっちゃん
イラスト：ゆのひと

伯爵令嬢のエミリアは、弟の悪行の連帯責任という形で、婚約破棄と学園退学という憂き目に遭い、流行り病で命を落とす。その後なぜか、学園入学の数年前まで逆行してしまった。以前は接点のなかった元冒険者の有能執事ノアを得る反面、婚約者からは何故か以前以上に嫌われてしまうエミリア。悩んだ後、婚約解消だけなら死にはしない！と気持ちを切り替え学園生活を楽しんでいると……

詳しくは公式サイトにてご確認ください。

https://www.regina-books.com/

携帯サイトはこちらから！

この作品に対する皆様のご意見・ご感想をお待ちしております。
おハガキ・お手紙は以下の宛先にお送りください。

【宛先】
〒 150-6008 東京都渋谷区恵比寿 4-20-3 恵比寿ｶﾞｰﾃﾞﾝﾌﾟﾚｲｽﾀﾜｰ 8F
（株）アルファポリス　書籍感想係

メールフォームでのご意見・ご感想は右のＱＲコードから、
あるいは以下のワードで検索をかけてください。

アルファポリス　書籍の感想　検索

ご感想はこちらから

本書は、Web サイト「アルファポリス」（https://www.alphapolis.co.jp/）に掲載されていたものを、改題、改稿、加筆のうえ、書籍化したものです。

無能《むのう》と追放《ついほう》された侯爵令嬢《こうしゃくれいじょう》、聖女《せいじょ》の力《ちから》に目覚《めざ》めました

ゆうき

2023年 6月 5日初版発行

編集－桐田千帆・森 順子
編集長－倉持真理
発行者－梶本雄介
発行所－株式会社アルファポリス
〒150-6008 東京都渋谷区恵比寿4-20-3 恵比寿ｶﾞｰﾃﾞﾝﾌﾟﾚｲｽﾀﾜｰ8F
TEL 03-6277-1601（営業）03-6277-1602（編集）
URL https://www.alphapolis.co.jp/
発売元－株式会社星雲社（共同出版社・流通責任出版社）
〒112-0005 東京都文京区水道1-3-30
TEL 03-3868-3275
装丁・本文イラスト－しんいし智歩
装丁デザイン－AFTERGLOW
（レーベルフォーマットデザイン―ansyyqdesign）
印刷－中央精版印刷株式会社

価格はカバーに表示されてあります。
落丁乱丁の場合はアルファポリスまでご連絡ください。
送料は小社負担でお取り替えします。

ISBN978-4-434-32066-8 C0093